KB025417

조금 불편하지만
제법 행복합니다

조금 불편하지만 제법 행복합니다

고진하 지음

마음의숲

2장
너와 나를 살리는
녹색의 시간

3장

꽃들에겐 이분법이 없다

4장
아플 때 즐거움을 창조하라

작가의 말

　저녁 찬거리 할 잡초를 뜯으러 나갔어요. 논둑엔 개망초, 토끼풀, 민들레, 질경이, 꽃마리 등 먹을 게 지천이었죠. 우리 가족은 벌써 여러 해 동안 남들이 거들떠보지도 않는 풀들을 뜯어 먹고 살지요. 허리에 끼고 나온 바구니가 가득 차, 아내와 난 풀 뜯기를 멈추고 푹신한 논둑에 앉아 서산으로 지는 붉은 저녁놀을 바라봅니다. 물끄러미!

　나는 '물끄러미'라는 말을 참 좋아하죠. 저녁놀에 눈길을 던지던 나는 곁에 있는 아내를 물끄러미 바라봅니다. 이유 없이 날 받아준 아내, 스물 몇 살의 무모한 열정의 나를, 그리고 꿈결처럼 세월이 흘러 예순 몇 살의 사그랑주머니처럼 변한 나를 지금도 이유 없이 받아주는 아내. 서른 몇 해를 사는 동안 우리는 서로 상처를 주고받으며 은결들던 순간도 있었지요. 이제 와 보니 그 상처들이 크나큰 보물이었고, 그걸 또랑또랑 깨닫게 된 오늘도 보물이고요. 늘그막에 깨닫는 건, 사랑은 무슨 혈연, 무슨 지연, 그런 연緣이 아니에요. 나는 이유 없이 살다 이유 없이 꺼질 거예요. 뜨는 해와 지는 해 사이, 이유 없이 살아요. 그냥 살아요. 그냥 사랑해요. 콩켸팥켸 이유 없어요.

불편당不便堂(우리 집 당호)엔 요즘 경사스런 일이 생겼답니다. 제비들이 올해도 찾아와 둥지를 틀었거든요. 벌써 알을 낳고 알을 품었는지 어미제비는 둥지에 붙박여 나오지 않네요. 나는 하루 몇 번씩 처마 밑 둥지를 물끄러미 바라보죠. 내가 사는 시골 역시 아기 울음소리를 들을 수가 없는데, 새끼를 까려고 앉아 있는 제비들을 바라보고 있노라면 마음이 절로 애틋해져요. 하늘이 아껴 아무에게나 주지 않는다는 한가로움도 절로 스며들고요. 이런 복이 또 어디 있겠어요. 누군가 그랬지요. 한가로움은 영靈의 보석이라고.

왜 아니겠어요. 우리는 시골에 들어 자발적 가난을 선택해 살면서 우리 나름의 사치를 누리고 살거든요. 작은 텃밭에 생명의 씨를 심어 가꾸는 기쁨을 누리고, 봄이면 각종 꽃을 뜯어다 화전을 부쳐 먹는 사치도 누리죠. 그리고 그런 삶의 기쁨을 이웃들과 나누기도

하죠. 자본의 마법에서 자유롭지 못한 이웃들은 그렇게 사는 삶을 힘겨워합니다. 우리도 힘든 건 부정할 수 없죠. 그래도 우리가 천민 자본주의에 코가 꿰인 노예의 삶에서 풀려나고자 하는 이런 의지와 열정이 없으면 인류의 지속가능한 삶은 불가능한 것이 아닐까요.

  우리 집을 찾는 벗들은 이런 낡은 집에서 어떻게 불편을 견디고 살 수 있느냐고 묻곤 합니다. 나는 빙그레 웃으며 대꾸하죠. 우리가 불편도 불행도 즐길 줄 알면 우리 삶이 더 풍요로워질 거라고요. 그리고 처마 밑에 든 허술한 제비집을 가리키거나, 마당과 텃밭에 자라는 잡초들을 보라고 말하죠. 이처럼 내가 자연의 벗들을 보라고 손짓하는 건, 문명의 현란함에 취해 잃어버린 경외를 회복하자는 거죠. 경외가 뭡니까. 우리보다 큰 존재를 우러러봄이 아닙니까. '경외가 사라지면 우주는 장터가 된다(아브라함 요수아 헤셸)'고 했죠. 해와 달과 별들, 우리의 생명을 영위하도록 돕는 우주 생명들이 화폐라는 교환가치로만 환원되는 곳이 바로 장터죠. 우리 삶의 소중한 절대가치가 상대가치로 전락되는 것이죠.

늘그막에 10여 년 전 귀촌 귀농하여 살고 있습니다만 한 번도 후회한 적이 없습니다. 우리 가족은 우주 주재의 놀라운 선물인 '명랑'으로 귀의한 것이니까요. 오늘 아침에도 대추나무 가지에 날아와 앉아 옥쟁반에 구슬을 굴리는 목소리로 우짖던 꾀꼬리 노랫소리에 접속하며 명랑의 하루를 열었죠. 그 소리를 함께 들은 아내가 말했죠. 낙원이나 열반이 어디 따로 있겠어요. 여기가 바로 거기죠.

10여 년 만에 펴내는 이 산문집은 우리 가족의 소박한 삶을 담았습니다. 신문의 여러 지면에 칼럼을 쓰는 동안 응원해주고 공들여 책을 펴내준 마음의숲 대표 권대웅 시인과 신혼의 뜨거운 에너지를 불어넣어준 편집팀장 송희영 님께 고마운 마음을 전합니다.

강원도 명봉산 기슭에서

고진하

1장

쉴 새 없이 명랑하자

쾌청한 하늘을 본 아내가 활짝 웃으며 말했다.

"오늘은 진달래꽃 좀 뜯어다 화전이나 부칠까요."

"오, 화전! 좋지요."

나는 여기저기 써야 할 글이 밀려 있었지만, 아내의 유쾌한 꾐에 빠져보기로 했다. 간단히 아침밥을 먹고 뒷산으로 올라가니, 활엽수 나무 그늘에 진달래꽃들이 만개하여 오련한 빛을 뽐내고 있었다. 화전을 부칠 만큼 진달래꽃을 뜯고 나서, 보랏빛 제비꽃도 조금, 노란 꽃다지꽃도 조금 뜯었다.

산길을 내려오며 아내가 말했다.

"우리가 엄청 사치를 누리는 거 맞죠?"

내가 대꾸했다.

"암, 사치구 말구. 우리가 시골에 살지 않았으면 어찌 이런 사치를 누릴 수 있겠소!"

그렇다. 풍물시장에서 반찬거리를 장만하면서 꽃씨도 조금 사 오는 사치를 누리고, 아궁이 앞에 앉아 불을 지피면서 한가로움을 만끽하는 사치도 누린다. 오늘처럼 산을 오르고, 연둣빛 봄의 들판을 여유롭게 거니는 날은 인터넷도 열지 않고 SNS도 하지 않는다. 하늘이 아껴 아무에게나 허락하지 않는다는 한가로움을 오롯이 누리기 위해서!

집으로 돌아와 화전을 부쳐 먹고 오후에는 모처럼 뒹굴뒹굴 낮잠도 자고 나서, 장작을 패 아궁이에 불을 지피고 나니 하루가 다 저물었다.

문득 얼마 전 읽은 헨리 데이비드 소로의 일기 한 토막이 떠오른다. 그는 19세기 자본주의 물결과 대항해 온몸으로 싸운 사람이다. 노예 해방을 위해 혼신을 다해 싸웠지만, 아무 일도 하지 않는 자유를 누리기도 했다. 알다시피 그는 문명을 떠나 호숫가에 오두막을 짓고 2년을 은둔자로 사는 실험을 했다.

그는 해가 뜰 때부터 질 때까지 가문비나무와 호두나무 사이에 앉아 호수를 바라보고, 새들의 노래와 나뭇잎 바스락거리는 소리에 귀 기울였다. 어둑어둑 날이 저물자 그는 노트를 펼치고 이런 일기를 남긴다.

"아침인가 했는데, 보라, 벌써 저녁이 되었네. 기록해둘 만한 거라곤 하나도 한 게 없네."

우리는 어떤가. 뭔가 기록해둘 만한 일을 해야 한다고 강박적으로 생각하며 살지 않던가. 아무것도 기록할 만한 게 없는 이런 무위의 시간이 우리에게도 있어야 하지 않겠는가. 소로는 이런 말을 덧붙인다.

"그럴 때면 나는 밤중에 옥수수가 자라듯 쑥쑥 성장했다."

오뉴월에 옥수수가 자라는 걸 보면 정말 하루가 다르게 쑥쑥 자란다. 그런데 왜 오늘 우리의 삶은 성장하지 못하고 자꾸 천박해질까. 편리와 속도와 효율을 우리 삶의 척도로 앞세우기 때문이 아닐까. 이처럼 우리의 욕망을 부추기는 자본주의적 시대정신에 영합하며 살다 보면, 우리 존재는 성장하기는커녕 왜소해지고 천박해지기 일쑤다. 그래서 마이스터 에크하르트 같은 수도승이 "영적인 것이란 뭘 덧붙이는 것이 아니라 덜어내는 것"이라고 한 충고에 주목할 필요가 있다.

잠자리에 들기 전, 수말스런 표정으로 아내가 말했다.

"내일 화전 한 번 더 부칠까요?"

"내일 또?"

"네, 당신 친구들에게도 봄을 느끼게 해주고 싶어서요."

"고맙소. 진달래꽃은 내가 뜯어오겠소. 분주하게만 살던 내 친구 녀석들 무척 좋아할 거야."

그래, 우리가 누리는 한가로움을 벗들과도 나눌 수 있다니 정말 기쁘다. 아무에게나 허락하지 않는다는 그 한가로움을 말이야!

수말스럽다 '수수하고 다소곳하다'의 방언.

쉴
새
없 명
이 랑
하
자

삐거덕. 대문 열리는 소리에 잠이 깼다. 나보다 늦게 일어
나는 잠꾸러기 아내가 먼저 일어나 대문을 딴 모양이다. 해가
서쪽에서 뜨려나? 방문을 열고 나가자 아내의 얼굴이 해님처
럼 환하다. 그리고 아침 인사도 생략한 채 명랑한 참새처럼
재잘거린다.

"여보, 분꽃이 깔깔깔 웃고 있네요."

"허허, 그러게. 어젯밤 폭우에 쓰러져 돌아가신 줄 알았
더니!"

간밤엔 갑자기 천둥벼락이 치며 집중호우가 쏟아졌다. 돌

풍까지 휘몰아쳤다. 밤중에 놀라서 뛰쳐나온 아내는 자기가 애지중지하는 분꽃들이 비바람에 쓰러지자 어이구, 저걸 어째, 어째, 하며 발을 동동 굴렀다.

"여보, 너무 걱정 마! 내일 비 그치고 해 나면 쟤네들 스스로 벌떡 일어설걸!"

"그럴까요? 만일 일어나지 못하면 당신이 끈 같은 걸로 묶어서라도 일으켜 세워주셔야 해요."

다행히 마당가 분꽃들은 빨강 노랑의 깔때기 같은 꽃자루들 속에 눈부신 햇살을 머금고 활짝 웃고 있었다. 간밤에 무슨 일이 있었나, 그런 얼굴로! 다만 몇몇 녀석은 줄기가 꺾여 바닥에 누워 있었는데, 그렇게 누워 있는 꽃들도 미소를 잃지 않고 있었다. 나는 노끈을 가져다가 드러누워 있는 녀석들을 조심스레 일으켜 세운 후 몇 그루씩 묶어주었다. 꽃들을 세워주는 것을 뒤에서 지켜보던 아내가 흡족한 표정으로 말했다.

"얘네들은 서예가 선생께서 써준 글귀처럼 쉴 새 없이 명랑한 것 같아요."

내가 거들었다.

"그거 우리 집 가훈하면 좋겠소. 〈쉴 새 없이 명랑하자!〉"

올 여름엔 유난히 우울하고 힘든 일이 많았다. 봄부터 초여름까지 계속된 가뭄으로 타들어가는 논밭을 보며 안타까웠다.

집 앞에 마을 경로당이 있는데, 경로당을 드나드는 노인들을 만나면 '하늘도 야속하구먼!' 하며 한숨을 푹푹 내쉬는 걸 보는 마음도 영 편치 않았다. 짧은 장마 끝에 계속되는 폭염 또한 견디기가 무척 힘들었다. 급격한 기후변화, 인간이 저지른 업보로 인해 이제 누림은 끝나고 견딤의 시대를 살 수밖에 없지, 라고 체념해도 지독한 폭염은 견디기 어려웠다.

그럼에도 견디기 힘든 여름을 견뎌낸 건 마당의 꽃들 때문. 워낙 꽃을 좋아하는 아내는 마당 곳곳에 꽃을 심어 가꾸었다. 어느 시인의 짧은 시구처럼 '대지의 미소'인 꽃들은 인간의 우울, 불안, 공포를 단숨에 날려버린다. 꽃들은 저를 시들게 하는 가뭄 속에서도 꽃을 피웠다. 이번 여름 비로소 나는 깨달았다. 꽃의 다른 이름은 '명랑'이라고.

젊은 날 제주 바닷가에 살 때 만난 늙은 해녀들을 기억한다. 해녀들은 늘 수압과 사투를 벌였다. 수압과 사투하다 보니, 해녀들은 두통으로 고생했다. 두통으로 괴로워하는 그들이 상용하던 약이 있었는데, 그 이름이 '명랑'이었다. 명랑을 먹으면 머리를 쪼갤 듯 아프던 두통도 감쪽같이 사라진다고.

이제 명랑이란 이름의 약도 사라졌지만, 그 이름은 아직도 잊히지 않는다. 그 당시 해녀들은 명랑을 먹지 않으면 견디지 못할 정도로 약에 중독되어 있었다.

아무리 현실이 힘들어도 나는 명랑 같은 인위적 물질에는 중독되고 싶지 않다. 하지만 현실의 고통을 견딜 수 없다면 꽃 같은 것들의 명랑에는 흠뻑 중독되고 싶다. 지상의 것들에 대한 집착으로 고통스러울 땐 그 어느 곳에도 머물지 않고 자유자재한 구름 같은 것에 중독되고 싶다.

나는 내가 속한 종교에서도 자유롭고 싶은 사람이다. 종교는 모름지기 우리를 삶의 무거움에서 가볍게 하는 예술이 아니던가. 오늘날 숱한 종교제도에서 환멸을 느낄 때마다 차라리 꽃들의 학교에 들어가 배우곤 했다. 요즘 우리 가족은 분꽃학교 학생이다. 아무리 어렵고 힘들어도 미소를 잃지 않게 하는 분꽃학교. 쉴 새 없이 명랑하자고 재잘재잘 노래하는!

사
랑
의
　　앉
꽃 은
가
지 생
에

　숱한 봄꽃들이 천지를 환하게 물들인다. 산수유 목련이 피
었다 지더니, 진달래 철쭉 살구꽃 복사꽃이 다투어 피어나 그
걸 바라보는 이들의 가슴을 들뜨게 하는구나. 명색이 시인인
나는 앞산 뒷산에 번지는 꽃물결을 멀리서 보고만 있을 수 없
어서, 며칠 전 작정을 하고 길을 나섰다. 꽃 마중 길!
　'꽃 마중'이란 말을 들어보셨는가 몰라도, 꽃들이 천지를 물
들이러 몰려나올 땐 그래도 누군가의 마중을 받고 싶지 않겠
는가. 얼마 전, 안성에 사는 시인 친구의 전갈도 있고 해서 꽃
마중하러 먼 길을 나섰다. 저물녘이면 물에 비치는 물빛이 휘

황한 금광을 발한다고 그렇게 붙였는지는 몰라도, 시인 친구는 금광저수지 바로 옆에 소담한 오두막을 짓고 살고 있었다. 친구의 집을 이리저리 휘둘러보고 차도 마실 겸 가까운 수목원을 찾아갔다.

수목원 주인도 눈 맑은 시인이었다. 수목원을 찾는 이들을 위해 향기로운 차도 팔았는데, 주인이 직접 끓인 대추차를 마시며 넓은 창유리를 통해 봄꽃들을 감상했다. 연분홍빛 꽃을 활짝 피운 살구나무가 그 수줍은 빛으로 우리의 눈길을 끌어당겼다.

그때, 큰 새 한 마리가 날아와 살구나무 꽃가지에 앉았다. 꽃가지가 휘청휘청했다. 주인이 직박구리라고 일러주었다. 직박구리는 꽃가지가 흔들리건 말건, 꽃 속의 꿀을 빨아먹는 듯 꽃들을 콕콕 쪼았다. 우리보다 먼저 와 있던 어떤 이가 그걸 바라보며 말했다.

"저저 잔인한 놈. 덩치도 큰 놈이 작은 꽃들의 꿀을 빨아먹다니!"

그 이야기를 듣고, 나는 상대가 기분 나쁘지 않게 웃으며 대꾸했다.

"아니, 꽃가지에 앉은 생물이 꿀을 빨아먹지 않으면 뭘 먹으란 말입니까?"

내 말이 그럴듯했는지, 친구 시인도 수목원 주인도 고개를 끄떡여주었다. 아마 직박구리를 지으신 하느님도 내가 한 말을 들으셨으면 역시 고개를 끄떡이셨으리라.

우리는 하느님의 생명나무의 꽃가지에 앉은 직박구리와도 같지 않은가. 우리는 오늘도 그분의 달콤한 사랑을 쪼아 먹고 살아간다. 우리에겐 그분의 달콤한 꿀이 있는데, 시궁창 같은 곳을 배회하며 쓴 국물을 마셔야 할 까닭이 무엇인가.

직박구리가 그렇게 꽃가지에 앉아 꿀을 빨아먹는 것을 계속 보고 있으니, 꿀만 빨아먹고 꽃은 헤치지 않았다. 그렇게 꿀을 먹으면서 꽃들이 수정하는 데 도움도 주었을 것이다. 정말 오묘하고 멋지고 아름다운 공생의 기술이 아닌가. 우리도 저렇게 살 수는 없는 걸까.

새와 꽃만 아니라 모든 만물은 상호의존 하도록 지어졌다. 새와 꽃들은 상호의존이란 말을 몰라도 다들 그렇게 살아간다. 인간은 저 자연에 기대어 상호의존만이 생존의 길이라는 것을 다시금 깨우치고 있다.

사랑 혹은 자비는, 단지 인간이 지녀야 할 액세서리 같은 게 아니다. 그것이 단지 액세서리 같은 것이면 지녀도 되고 지니지 않아도 되리라. 하지만 사랑은 우주와 만물의 토대이며, 인간의 존재기반이다. 우리는 사랑에서 왔고, 사랑으로 숨 쉬며 살다가, 다시 사랑으로 돌아가야 한다.

마치 우리가 숨 쉬는 공기를 의식하지 못하듯이, 우리는 그것이 너무도 익숙하기 때문에 우리가 사랑 안에서 살아가고 있다는 것을 망각하고 살아간다. 우리가 어머니 곁에 살 때 어머니의 사랑을 종종 잊어버리는 것과도 같다. 아무튼 이제, 사랑은 대학에서 학생들이 자기의 필요에 따라 취하는 선택과목 같은 것이 아니라, 필수과목과도 같다.

페르시아 문학의 신비파를 대표하는 잘랄루딘 루미는 '사랑'에 대해 이런 노래를 남겼다.

반낮 없이 꽃과 화원과 풀밭을 볼 수 있는데,

어찌하여 그대는 뱀과 가시덤불 한가운데 배회하는가?

꽃과 정원 속에서 살고 싶거든,

모든 사람을 사랑하여라.

그대가 모든 사람을 적으로 삼으면,

적의 이미지가 그대를 떠나지 않을 것이고,

그대는 밤낮 없이 뱀과 가시덤불 한가운데를

배회하는 것과 같을 것이다.

성인들이 모든 사람을 사랑하고

모든 사람을 선하게 여긴 것은 바로 이 때문이다.

사탄은 우리를 갈라놓지만, 사랑은 우리를 결합시킨다. 신의 사랑의 화신化身으로 이 땅에 오신 예수의 가르침을 요약하면, 사랑으로 귀의하라는 것이다. 우리를 끝없이 분열시키고 인간 이하로 추락하게 하는 물욕의 탐닉은 우리의 존재기반인 신에게서 점점 멀어지게 할 뿐이다. 물욕은 '분리의 상표'일 뿐이다. 우리가 잘 아는 탕자 이야기는 '분리'의 쓰라림과 고통을 몸소 겪은 둘째 아들이 깨우치고 돌이켜, 사랑으로 귀의하는 이야기다.

우리는 자기가 사랑하는 것을 닮는다. 평생을 함께 사랑하며 산 부부를 보면 서로 닮아 있지 않던가. 아우구스티누스도 그런 뜻의 말을 했던 것 같다. 그대가 땅을 사랑하면 땅이 될 것이고, 그대가 신을 사랑하면 신이 될 것이라고!

우리 속에는 신의 사랑의 씨앗이 숨어 있다. 영안靈眼이 열린 이는 숨어 있는 그것을 보고 싹 틔워 열매를 맺을 것이고, 그것을 볼 눈이 없는 사람은 마실 물을 찾아 헤매던 하갈처럼 메마른 광야를 헤맬 것이다. 그러나 메마른 광야에도 감춰둔 샘물이 있어, 하갈이 눈을 떴을 때 그것을 발견하고 새 생명을 얻었으니, 이 놀라운 신의 사랑과 은총을 어찌 우리가 다 헤아릴 수 있으랴!

둥지를 돌아보지 않는다
둥지를 떠난 새는

　마음이 허전해서 자꾸 쳐다보게 되는 빈 둥지. 새끼를 깐 제비가 머물던 대문간 처마 밑의 빈 둥지. 하루에도 수백 번을 들고 나며 젖은 흙을 물어다 정성껏 마련한 둥지. 둥지를 완성한 후 알을 낳고, 알을 품고, 알에서 깨어난 새끼들 노란 주둥이에 벌레를 잡아다 먹이던 어미 제비들. 사나운 장대비가 쏟아져도 빗속을 뚫고 벌레를 잡아다 새끼들을 먹이던 모성애 강한 제비들. 마침내 새끼들이 눈을 뜨고, 날개가 자라고, 마당으로 나와 비상을 연습하고, 벌레 사냥도 연습하고 하더니… 어느 날 새끼 제비 세 마리, 어미 제비들과 함께 사라졌다. 종적이 없네. 그렇구나. 둥지를 떠난 새들은 둥지를 돌아보지 않는구나.

그렇게 제비가 머물던 시간, 한 석 달쯤 될까. 그동안 나는 학생이었다. 제비학교 학생. 수업료도 없는 수업 기간 동안 내가 지불한 건, 제비가 알을 품을 땐 발소리를 낮추고 조심 조심 걷기, 알에서 깨어난 새끼들에게 어미 제비들이 먹이를 물어 나를 땐 사랑의 눈빛으로 바라보기. 이제 제비들이 떠난 빈 둥지를 쳐다보는 허전한 순간조차 나에겐 소중한 수업 시 간. 그래, 제비들이 둥지를 떠나는 순간 둥지를 돌아보지 않 듯이, 내가 머무는 둥지에 대한 집착을 버려야지. 집착이 무 엇이던가. 마음이 쏠려 버리지 못하고 애면글면 매달리는 것 이 아니던가.

둥지? 어떤 이에겐 재물이, 어떤 이에겐 권력이, 어떤 이 에겐 명예나 지위, 또 어떤 이에겐 자식이 둥지가 될 수도 있 겠다. 으뜸의 가르침(종교)은 이런 둥지에 대한 집착에서 자 유로워야 한다고 가르친다. 그렇다고 우리에게 모든 욕망을 버리라고 하진 않는다. 다만 낮은 욕망에 사로잡혀 살지 말 라고. 으뜸의 가르침을 신봉하는 인도 현자들의 경우, 욕망 을 무조건 금하지 않고 욕망의 대상이 무엇이냐고 묻는다.

라마크리슈난은 말했다. 어떤 이의 욕망이 육신이라면 그는 간부姦夫가 될 것이고, 아름다움이 욕망이라면 그는 예술가가 될 것이며, 만일 그 욕망이 신이라면 그는 성자가 될 것이라고.

그러나 오늘날 으뜸의 가르침을 따른다는 이들조차 '신'을 욕망하는 이는 드물다. 표피적인 욕망의 충족에 목숨을 걸지언정 존재의 근원에 대한 관심은 냉담하다.

하늘의 은총으로 나는 지금 한적한 시골에서 낡은 한옥을 보금자리 삼아 산다. 나와 내 가족만 사는 건 아니다. 제비나 참새도 둥지를 틀고 살고, 개구리와 뱀도 살고, 땅강아지와 두더지도 살고, 지렁이와 박쥐도 산다. 공생이다. 나는 내가 머무는 보금자리를 내 소유로 여기지 않는다.

숱한 동물과 식물들이 내 곁에 머물다 떠나는 것처럼 나와 내 식구들 역시 잠깐 머물다 떠날 뿐. 보금자리에 대한 집착은 우리의 삶을 고해苦海로 만든다. 우리가 제비들처럼 둥지에 대한 집착에서 자유로울 수 있다면, 우리 삶의 순간마다 자족과 행복을 노래할 수 있으리라.

내
영혼의 가장 맛있는 부분

　우리가 진정으로 행복하다고 느낄 때는 언제일까. 자기가 간절히 소망하는 삶을 살고 있을 때가 아닐까. 신의 정원에 다채로운 빛깔의 꽃이 피는 것처럼 나는 나만의 빛깔의 삶을 살아야 행복하다. 신의 정원에 다양한 향기의 꽃이 피는 것처럼 나는 나만의 향기를 지닌 삶을 살아야 행복하다.

　물론 내가 소망하는 삶을 사는 건 쉬운 일이 아니다. 강한 의지와 열정도 있어야 하지만 나와 더불어 사는 이들의 도움과 사랑이 뒷받침되어야 그렇게 살 수 있다. 다행히 나는 그린 이들을 곁님으로 두는 은총을 입었다.

지금은 이승에 안 계시지만 내 마음 속에 살아 계신 스승들, 친구들, 그리고 사랑하는 가족들이 바로 내 삶을 이끌어주고 밀어준 곁님들. 그들은 내가 원하는 삶을 살도록 그냥 내버려 두었다. 내가 꿈꾸는 비전을 향해 고집스레 밀고 나아가는 것을 그냥 내버려 두었다. 내버려 두었다고 해서 곁님들이 척 팔짱 끼고 돌아앉아 무관심했다는 말은 아니다.

몇 해 전 돌아가신 내 어머니와 항상 내 곁을 지켜주는 아내야말로 황소고집으로 살아온 나를 곁에서 묵묵히 지켜보며 지원해준 분들이다. 평생 시인과 목회자로 자발적 가난의 삶을 선택해 살아온 내게, 가장 가까이 있는 그들이 '너 왜 그렇게 사니?' '당신 그렇게 살면 안 돼요!' 하고 앙칼진 목소리로 타박하고 간섭했다면 오늘의 내가 되지 못했을 것이다.

곁님들의 그런 '내버려 둠'이 정말 고맙다. 그들의 '내버려 둠'이야말로 나에 대한 진정한 배려요 사랑이었으니까. 때로는 밉광스럽고 갑갑했을 텐데, 그걸 속으로 꾹꾹 누르며 지켜보고 기다려주느라 얼마나 힘들었을까.

일본의 시인 다니카와 슌타로의 시 〈영혼의 가장 맛있는 부분〉에는 이런 구절이 있다.

당신은 자신도 모르는 새

　당신 영혼의 가장 맛있는 부분을

　나에게 주었다.

　나는 나를 진심으로 배려해준 곁님들의 사랑을 '당신 영혼의 가장 맛있는 부분'이라고 말하고 싶다. 곁님들은 당신들 영혼의 가장 맛있는 부분을 나에게 통째로 내주었으니까. "사랑은 쓰디쓴 것들을 달콤한 것으로 이끌어간다"(루미)는데, 곁님들의 사랑은 나를 영혼의 감미로움으로 이끌어주었기 때문이다.

　돌아보면 나 역시 평생 동안 수많은 곁님에게 사랑의 빚을 졌다. 사람만 아니라 나를 둘러싼 우주의 곁님들에게도. 태양, 별, 바람, 공기, 산, 강, 나무, 꽃, 새, 나비 등과 같은 곁님들의 알뜰살뜰한 보살핌이 없었다면, 내 영혼의 정원을 다채롭게 가꾸지 못했을 것이다. 그렇게 온갖 곁님들로부터 받은 사랑의 빚을 차곡차곡 쌓아놓는다면 저 가을 들판의 노적가리보다도 높을 것이다.

　이제 그 사랑의 빚을 갚고자 하는데, 나도 내 영혼의 가장 맛있는 부분을 그들에게 돌려주어야 할 것이다. 조금 철이 들어가는 걸까. (쯧쯧… 이제 다 늙어서?) 하여간 난 요즘 들어, 내가 그들에게 주어야 할 내 영혼의 가장 맛있는 부분이 뭘까 자주 궁구하곤 한다.

그것은 무엇보다 곁님들이 원하는 삶을 살 수 있도록 돕는 일일 것이다. 그들이 내게 했던 것처럼 그들의 삶을 간섭하지 않고 그냥 내버려 두는 일, 따스한 눈빛으로 묵묵히 지켜보며 아무 조건 없이 격려하는 일일 것이다. 설사 내 자식들이라 하더라도, '왜 그렇게 사니?' '이렇게 해보면 어때?' 하고 내 경험을 앞세워 그들의 삶을 어디로 끌고 가려 하거나 훼방하지 않고 그들의 삶을 있는 그대로 지원하는 일 말이다. 어이, 꼴리는 대로 살아보라구!

이것이 내 곁에 있는 가족들만 아니라 자라나는 미래세대에 줄 수 있는 내 영혼의 가장 맛있는 부분이리라. 그래서 그들이 자기만의 빛깔, 자기만의 향기를 가진 우주의 한 꽃송이로 피어난다면 세상이 훨씬 더 아름다워지지 않을까.

아직도 남아 있다 써야 할 청춘이

내가 사는 원주에는 무려 8백년 된 은행나무가 있다. 반계리란 곳에 있어 '반계리 은행나무'로 널리 알려진 노거수老巨樹. 그 나무를 처음 본 건 3년 전 겨울이었다. 잎은 다 떨어지고 가지들만 앙상한 은행나무는 밑동에 난 커다란 구멍 때문에 마치 고사목처럼 보였다. 어두컴컴한 구멍 속에는 박쥐 떼라도 보금자리를 틀고 있을 것 같았다.

꽃이 피기 시작하는 봄날, 나는 한 시인과 함께 그 은행나무를 다시 보러 갔다. 거대한 나무에는 연둣빛 잎들이 돋아나고 있었다. 은행나무 아래 서서 무수히 돋아나는 잎들을 쳐다

53

보고 있자니, 온 하늘이 연둣빛으로 물들어 있는 것 같았다. 그 은행나무 아래 난쟁이처럼 서 있는 우리도 연둣빛으로 물들고 있었다.

"몇 년 전 내가 처음으로 이 노거수를 보았을 땐 죽은 고목나무 같았는데!"

내가 은행나무를 쳐다보며 문득 입을 열자, 함께 동행한 젊은 시인이 웃으며 대꾸했다.

"고사목으로 보일 만큼 폭삭 늙었지만, 아직도 써야 할 청춘이 남았나 봅니다."

그날 은행나무를 보고 온 뒤 나는 젊은 시인이 한 말을 자주 떠올리곤 한다. '아직도 써야 할 청춘이 남았나 보다'라는 말. 이 은행나무처럼 연륜이 오래된 나무는 있지만 늙은 나무란 없다는 말이 아닌가.

그렇다. 나무는 늘 청춘이다. 사람도 그렇지 않을까. 나이를 먹으면서 쭈글쭈글 주름도 늘어나고 관절도 점점 쇠약해지지만 사람의 마음은 늙지 않는다. 타성에 젖지 않고 늘 생생히 깨어 있는 마음은! 이런 마음을 지닌 자에게 나이란 숫자에 불과하다. 고목이라 불리는 나무 둥치에서 파릇파릇 피어나는 봄날의 새순처럼 아직 써야 할 청춘이 남아 있으니까.

나는 창조적인 삶에 대해 생각할 때마다 '아직 써야 할 청춘'이 남은 그 은행나무를 생각한다. 창조적 삶이란 무엇인가. 누가 새 시집을 출간하거나 새로운 예술작품을 세상에 내놓을 때 '산고産苦'를 치르었다고 치하하듯이, 무언가 새로운 것을 낳는 것을 의미한다. 그러면 누가 낳을 수 있는가. 생기발랄한 정신을 지닌 자만이 낳을 수 있다. 다시 말하면 몸은 노쇠해도 정신의 자궁이 파릇파릇한 이만이 낳을 수 있다.

중세 수도승인 마이스터 에크하르트는 '남자의 몸이지만 여인처럼 아이를 임신한 꿈을 꾸었다'고 말하며, '무無를 임신했었고, 무에서 하느님이 태어났다'고 자신의 꿈 이야기를 들려준다.

나는 이 수도승의 꿈 이야기를 신학적으로 해석할 생각이 없다. 다만 나는 이 이야기를 통해 인간 속에 내재한 무한한 창조성을 새삼 자각할 뿐. 오늘 우리는 이 무한한 창조성을 찬미하지 못하는 문화 속에 살고 있다. 찬미는커녕 창조성을 살해하고 있다.

과학이 발달하면서 뇌 용량만 커진 인간의 부패한 상상력을 어떻게 치료할 수 있을까. 지식과 정보의 양은 늘어났지만 지혜는 나날이 쇠퇴하는 이 현상을 어떻게 극복할 수 있을까.

이제 우리는 대자연이라는 큰 경전의 가르침에서 세상을 살아갈 지혜를 구해야 하지 않을까. 노자도 《도덕경》에서 '도법자연道法自然'이라 하지 않았던가. 언거번거할 것 없다. 고목이라 불리지만 여전히 봄이 되면 새 생명을 낳는, '아직 써야 할 청춘'이 남은 은행나무야말로 우리를 창조적 존재로 살도록 추동하는 위대한 스승이 아닌가.

청풍명월과 노니는 법

저물녘 꽃봉오리를 여는 신비로운 꽃. 저녁에 피었다가 아침에 지는 꽃. 캄캄한 밤중에도 노란 등으로 주위를 밝히는 꽃. 7080세대가 기억하는 맹인가수 이용복이 '얼마나 그리우면 꽃이 됐냐'며 통기타를 치며 애잔한 목소리로 불렀던 달맞이꽃.

길가에 핀 달맞이꽃을 동무 삼아 달빛 흐르는 마을 농로를 홀로 걸으며 그 이름 불러본다. 누가 들었으면 웬 청승이냐 했을까나. 그러나 두메의 산촌 길엔 고요와 적막만 가득할 뿐. 길가에서 화답하듯 귀뚜르르 귀뚜르르… 우짖는 풀벌레들의 나직한 메아리만 있을 뿐.

그렇게 밤의 정취를 일깨우는 달맞이꽃을 보고 걷자니 시인 송재학의 아름다운 시구도 떠오른다.

> 내가 짐작하는 달은 지상에만 제 짝이 있다 달빛이 쌓아 올린 저녁 너머 달의 일부였던 꽃이 있고, 달을 따라가지 않고 지상에 남았던 꽃은 삭망을 되새김질하는데, 그게 슬프지만 않다
>
> – 송재학, <달맞이꽃> 중에서

지상에만 제 짝이 있는 시인의 달, 그 달빛이 쌓아 올린 저녁 너머 달의 일부였던 꽃이지만, 달을 따라가지 않고 지상에 남은 달맞이꽃, 시인은 그 꽃이 슬프지만 않다고 노래한다.

밤 산책을 마치고 서재에 들어와 앉으니 온종일 뒤숭숭하던 마음이 한결 고즈넉해진다. 우리가 사는 세상엔 오가리 든 인생들이 서로 다투고 찍어 누르며 더불어 살아가야 하는 공생의 삶을 거부하지만, 오련한 달의 눈빛을 바라보고 있자니 우주는 공존공생의 사랑이 우리의 살길이라고 웅변하는 듯싶다.

얼마 전 중국 소동파의 《적벽부》를 읽었다. 소동파가 누구던가. 북송 4대가의 한 사람으로 꼽히는 위대한 시인이자 서예가이자 창조적인 화가가 아닌가. 하지만 그는 자기 인생의 황

금기를 유배 생활로 보냈다. 노년에 이르기까지 낯선 오지에서 유폐된 생활을 했다. 여유와 한가로움을 노래할 만큼 쉽고 편안한 생을 살지 않았다. 늘 벼랑을 마주한 것과 같은 삶을 살았으면서도 소동파는 가파른 벼랑 위에 뜬 달을 노래했다.

저 강상의 맑은 바람과 산간의 밝은 달이여.

귀로 듣느니 소리가 되고 눈으로 보노니 빛이 되도다.

갖고자 해도 금할 이 없고 쓰자 해도 다할 날이 없으니.

이것은 조물造物의 무진장이로다.

그렇다. 맑은 바람과 밝은 달은 돈을 들여 사지 않을뿐더러 그것을 누가 가져도 금할 이 없다. 왜? 무진장無盡藏이니까. 그러나 세상에 무진장한 맑은 바람과 밝은 달을 즐기려는 사람은 몹시 드물다. 은퇴하면 산촌으로 솔가해 한가롭게 살고 싶다고 말하는 이는 많지만, 그렇게 은퇴한 사람들도 은퇴하지 않은 듯 분주함의 굴레를 쉽게 벗어나지 못하더라. 여전히 티격태격 남들과 경쟁하는 습성도 버리지 못하더라.

그처럼 경쟁하는 습성에서 자유롭지 않은 사람이 어찌 청풍명월을 즐길 수 있겠는가. 요샌 어디 가서 놀아도 돈을 요구하는 세상이지만, 아무리 세상이 변해도 청풍명월은 돈 없이 즐길 수 있지 않은가. 이처럼 값 없는 청풍명월과 노니는 법을 모르고 어찌 이 거칠고 사나운 천민자본의 세상을 건널 수 있겠는가.

옛사람은 말했다. 하늘은 한가로움을 아껴 아무에게나 한가로운 삶을 허락하지 않는다고. 그렇다. 한가로움은 돈으로나 정보로도 살 수 있는 것이 아니다. 맑은 바람과 밝은 달이 떠 있는 두메에 들었다고 한가로움을 누릴 수 있는 것이 아니다. 그 존재가 한가로울 때 비로소 유유자적하는 삶을 누릴 수 있는 법. 이유 없이 행복을 누릴 수 있을 때 남에게도 행복을 선사할 수 있는 법. 맑은 바람과 밝은 달이 그렇듯 한가로움은 무진장이다.

그러나 진동한동 매사에 분주한 사람은 무진장인 한가로움도 누릴 수 없다. 나는 이제 더 이상 생의 큰 바람이 없다. 식구들 끼니를 굶기지 않고, 내 골방을 덥힐 땔나무가 있고, 창가에 어린 달빛 조명 아래 읽고 싶은 책 몇 페이지를 흔감 하는 것.

진동한동 바쁘거나 급해서 몹시 서두르는 모양.
흔감 기쁘게 여기어 감동하다.

무더위가 주춤해지는 저물녘이면 산책을 나선다. 주로 마을을 에워싼 농로를 스적스적 걷는데, 벼가 무성하게 자라는 논배미 옆의 농로를 걷나 보면 논둑가에 자라는 뽕나무들이 자주 눈에 띈다. 칠월의 뽕나무 잎들은 두껍고 짙푸른 광택을 뿜낸다. 본래 뽕나무 잎은 잠엽蠶葉이라 하여 누에를 기르는 데 쓴다. 내 어릴 적 시골에서는 생계를 위해 집집마다 누에를 길렀다. 지금 논밭가에 자라는 뽕나무는 대부분 그 시절에 심은 것이다.

뽕나무를 보면 애틋한 추억이 떠오른다. 농업고등학교를

다닌 나는 누에 기르는 걸 배우는 '양잠'이란 과목을 들었다. 뽕나무를 키우는 실습지에서 직접 뽕잎을 따다가 잠실에서 자라는 누에에게 먹였다. 햇빛이 쨍쨍한 날도, 구죽죽 비가 내리는 날도 뽕잎을 땄다. 그렇게 뽕잎을 따면서 나무 그늘에 숨어들어 님도 보고 뽕도 따는 되바라진 애들도 있었다.

뽕을 따는 건 무척 지겨웠지만, 누에가 쑥쑥 자라 고치를 짓는 과정을 보는 건 기쁨이었다. 어린 뽕잎을 뜯어다 잘게 썰어 뿌려놓으면 개미누에가 뽕잎에 올라붙는데, 그러면 깃 비로 살살 쓸어 누에채반에 옮겨놓았다. 이 개미누에는 채반에서 약 4주일 동안 뽕을 먹고, 똥을 싸고, 잠을 자고… 그렇게 넉잠을 자고 허물을 벗고 몸이 투명해지면 섶에 올라가 입으로 명주실을 토해 고치를 짓기 시작했다.

어느 날 당번인 나는 잠실에 머물며 누에가 고치 짓는 광경을 넋 놓고 보고 있었다. 그때 갑자기 문이 열리며 양잠 선생님이 들어오시더니 고치 짓는 광경을 보고 있던 나에게 말씀하셨다.

"뽕잎만 먹고 비단실을 토해내는 모습이 참 놀랍지? 너도 이 누에처럼 비단실을 토해내는 인생을 살려무나!"

그날 나는 집으로 돌아오며 양잠 선생님이 하신 말씀을 곱씹어보았다. 도대체 어떻게 하면 비단실을 토해내는 인생을 살 수 있을까. 사실 그때까지 난 비단옷이나 비단이불도 구경한 적이 없었다. 그렇게 가난했다. 하지만 단지 가난을 모면하고 입에 풀칠이나 하며 사는 삶이 아니라 보다 숭고한 가치를 지닌 삶이 무엇일까를 궁구하게 되었다. 양잠 선생님이 던진 말씀이 내 인생의 소중한 화두가 되었기 때문이다.

돌이켜 보면 과연 내가 산 인생이 비단실을 토해냈는지, 아니면 무명실이나 토해냈는지 자신 있게 말할 수 없다. 다만 무위도식하며 끝없이 오래 살려고 하는 생존의 욕망, 무엇이든 내 것으로 만들려고 하는 소유욕에서는 자유로워지고 싶은 갈망으로 살려고 노력해왔다. 니체가 말한 바 존재의 대의를 잃어버린 '말종인간'은 면하려 해왔다.

올여름에 나는 무더위를 견딜 방편으로 작가들이 쓴 기행문들을 모아 읽고 있다. 며칠 전에는 소설가 니코스 카잔차키스의 《영국 기행》을 읽었다. 옥스퍼드와 케임브리지 소속 칼리지의 주요 목표는 학식이나 지식을 두뇌에 채워 넣는 것이 아니라고 한다. 이곳 졸업생은 의사나 변호사, 신학자, 물리학자, 운동선수 같은 전문가가 되어 나가지 않는다고. 젊은이들은 이 칼리지에 2~3년을 머무르며 조화로운 삶을 배우는데, 육체, 정신, 심리가 고루 단련된 완벽한 인간이 유일한 목표라고 한다. 그러니까 그들이 졸업식 때 받는 것은 전공 분야에 대한 증서가 아니라 '인간 증서'라고.

그 칼리지들이 지금도 그런지는 알 수 없다. 그러나 그런 교육의 모범 사례는 아무리 세상이 변해도 인류의 보편적 가치로 받아들여야 하지 않겠는가. 양잠 선생님이 하신 말씀을 생의 나침반으로 삼고 살아온 나는 내 인생을 졸업하게 될 때 과연 '인간 증서'를 받을 수 있으려나.

변화무쌍한 삶을 이야기할 때 우리는 흔히 구름의 은유를 사용한다. 실시간으로 형상과 색채가 바뀌는 구름. 여름엔 뭉게구름 먹구름이 대세인데, 가을엔 하늘거리는 새털구름이 대세. 오늘은 아침부터 큰 굉음과 함께 빠른 속도로 인공 새들이 날아다니더니 하늘에 새겨진 긴 비행운. 하여간 구름을 가지고 노는 하늘은 장난꾸러기. 하늘 성품을 닮아 구름을 보며 유희를 즐기는 시인도 장난꾸러기.

하나님 거기서 화내며 잔뜩 부어 있지 마세요

오늘따라 뭉게구름 뭉게뭉게 피어 오르고

들판은 파랑 물이 들고

염소들은 한가로이 풀을 뜯는데

정 그렇다면 하나님 이쪽으로 내려오세요

풀 뜯고 노는 염소들과 섞이세요

염소들의 살랑살랑 나부끼는 거룩한 수염이랑

살랑살랑 나부끼는 뿔이랑

옷 하얗게 입고

어쩌면 하나님 당신하고 하도 닮아서

누가 염소인지 하나님인지 그 누구도 눈치 채지 못할 거예요

놀다 가세요 뿔도 서로 부딪치세요

- 신현정, <하나님, 놀다 가세요>

  염소들 곁에 내려와 서로의 뿔을 부딪치며 노는 신의 춤이
무슨 실용성을 지니고 있는 것은 아니다. 그러나 춤을 통해
하늘과 땅, 조물주와 피조물이 하나로 어우러지는 순간은 소
중하다. '무엇을 위해?'라고 물어서는 안 된다. 춤과 놀이에
빠진 아이들은 그런 것을 묻지 않는다. 철학자 니체는 그래서
'춤출 줄 아는 신'만을 믿겠다고 하는지도 모른다. 춤은 따로

목적이 없다. 순수한 기쁨과 희열의 소산인 춤은 그 자체가 목적이다. 구름의 춤, 나비의 춤, 아이들의 춤은 돈으로 환산되지 않는다. 명성이나 박수갈채가 없어도 우주의 춤은 계속된다.

이것이 바로 내가 삶을 긍정하는 이유다. 시절이 하 수상하고 절망적이어도 매일 아침 일어나 신발 끈을 조여 매고 길 위로 나설 수 있는 것도 바로 그 때문이다.

오늘은 젊은 조각가의 집을 방문할 일이 생겼다. 새털구름을 머리에 이고 조각가의 집으로 향했다. 그는 새로 형성된 혁신도시의 작은 오피스텔에 세 들어 살고 있었다. 그는 촉망받는 예술가임에도 하루하루의 생계 때문에 일주일에 사나흘은 아르바이트를 한다고 했다.

그가 머무는 방으로 들어가니, 사방 벽엔 갤러리처럼 그가 만든 작품들이 빼곡히 걸려 있었다. 꽃과 풀과 구름과 사람들을 어우러지게 하여 빚어낸 독창적인 작품들. 신산스럽고 무지근한 삶이지만, 그의 작품엔 오가리 든 병적 징후는 보이지 않았다. 힘든 생계를 꾸려가느라 얼굴은 때꾼해 보였으나 예술을 사랑하는 그는 넝마살림을 살고 있는 듯 느껴지지 않았다.

그를 만나고 돌아오면서 문득 떠오른 니코스 카잔차키스의 《영혼의 자서전》에 나오는 아름다운 이야기 하나. 적도 지역에서는 가늘고 긴 실처럼 생긴 벌레가 인간의 피부를 뚫고 들어가 파먹는다고 한다. 그 고통에서 벗어나려면 무당의 도움이 필요한데, 무당은 그에게 마술 피리를 불어준다. 그러면 인간의 피부를 뚫고 들어간 벌레는 피리소리에 홀려서 조금씩 몸을 움직이며 밖으로 기어 나온다고. 그러니까 무당의 피리소리로 인해 무서운 고통에서 벗어날 수 있었다는 것. 이 이야기 말미에 작가는 "예술의 피리가 그러하다"고 덧붙인다.

변화무쌍한 형상과 색채를 보여주는 구름의 예술 피리, 생계가 어려운 조각가가 나무를 깎아 보여주는 예술 피리, 입에 겨우 풀칠을 하고 살면서도 '춤추는 신'의 세계를 보여주면서 '예술의 피리가 그러하다'며 삶을 긍정하는 작가와 철학자. 그들의 삶은 그 자체로 몹시 고달프지만, 그들이 부는 예술 피리는 인간의 숱한 고통을 치료하고, 도무지 삶의 희망이 느껴지지 않는 세상에 희망을 선사하는 게 아닐까.

흰
종
이
의 창
조
의
숨 여
결 백
,

어릴 적 아버지는 밭가에 닥나무를 길렀다. 가을이 되면 닥나무 껍질을 벗겨 말려두었다가 제지공장에 팔았다. 제지공장을 거쳐 온 닥나무 껍질은 하얀 창호지로 변해 있었다. 거친 닥나무 껍질이 제지공의 손을 거쳐 하얀 창호지로 바뀐 게 얼마나 신기하던지. 어린 마음에도 나는 문살에 발라놓은 순백의 창호지를 보며 '나무의 영혼' 같다고 생각했었다.

제지공 출신의 시인 유홍준은 노래했다.

펄프를 물에 풀어, 백지를 만드는 제지공들은 하느님 같다.

흰눈을 내려

세상을 문자 이전으로 되돌려놓는 조물주 같다.

- 유홍준, 〈문맹〉 중에서

이 시인 같은 마음으로 순백의 종이를 보면, 조물주가 우리에게 선물하신 시간의 여백을 느낀다. 제지공들이 펄프를 물에 풀어 빚어놓은 하얀 백지, 그것은 우리가 직면하는 새로운 시간의 상징이다.

그 시간은 누구의 손길도 닿지 않은 영혼의 빈 칸과도 같다. 그 영혼의 빈 칸에 우리는 먹물을 찍어 우리의 생을 써넣어야 한다. 어떤 이는 그 빈 칸에 창조적 생을 기록하는 이도 있을 것이고, 그렇지 못한 이도 있을 것이다. 돌이킬 수 없는 과거에 얽매인다든지 오지도 않은 미래를 염려하여 '지금 이 순간'을 풍요롭게 살지 못하는 이는 영혼의 빈 칸을 숱한 얼룩으로 더럽히기나 할 것이다.

자기 영혼의 빈 칸을 의식하고 사는 이는 창조적 젊음을 살수 있다. 하얀 창호지처럼 여백으로 주어지는 시간을 새로운 삶을 살라는 창조주의 신호로 받아들일 테니까. 그것은 곧

'영원한 현재'에 둥지를 트는 일. 창조주에게는 매 순간이 태초太初이다. 이런 자각이 있다면 우리는 자기 삶의 순간마다 태초를 살 수 있을 것이다.

성경에 보면, 신은 당신의 형상을 따라 우리를 빚어주셨다고 한다. 무슨 뜻일까. 우리 내면에도 창조의 영靈이 살아 있다는 것이 아닐까. 마이스터 에크하르트는 창조의 영과 더불어 사는 일을 은유적 표현으로 '창조주 안에 둥지를 트는' 일이라고 했다. 그렇게 창조주 안에 둥지를 트는 삶을 통해 우리는 날마다 자신을 새롭게 하고, 세상을 새롭게 할 수 있을 것이다. 그것은 곧 영원한 젊음을 누리시는 신의 창조의 파트너가 되는 일이다.

우리가 그처럼 신의 창조의 파트너로 살아가려면, 우리는 불순물을 걸러내고 나무의 영혼으로 거듭난 순백의 종이처럼 우리 자신을 날마다 깨끗하게 해야 한다. 그것은 곧 자기를 비우는 일. 자기를 비울 때 비로소 창조의 영이 우리 속에서 일하실 수 있으니까. 아무튼 자기를 비우는 것은 우리 안에서 창조주가 일하실 거룩한 틈을 만드는 것이다.

닥나무가 변해 빚어진 순백의 종이는 지기 몸에 담길 먹 냄새 배인 문향文香을 그리워한다. 신의 은총으로 자기를 비워

해맑게 거듭난 영혼은 그 내면에 담길 그리스도의 향기를 그리워한다. 그 향기는 영원한 젊음을 누리시는 창조주와의 합일에서 피어나는 향기이며, 이웃과의 화목에서 피어나는 향기이다.

소
멸
의

아
름
다
움

늦가을의 산은 소멸의 빛으로 가득하다. 그 소멸의 빛을 보러 주말이면 산에는 등산객들로 인산인해다.

며칠 전 나도 붐비는 사람들 틈에 끼어 산에 올랐다. 함께 산을 오르던 이들은 숨이 가빠 헐떡거리면서도 발걸음을 멈출 때면 저마다 탄성을 내지른다. 불이 붙은 듯 타오르는 산색의 아름다움에 눈을 휘둥그렇게 뜨고서! 그날 나도 산자락마다 노랗게 피어 흔들리는 들국화 향에 반했다. 절정의 빛을 보여주는 들국화도 찬 서리를 맞으면 곧 스러질 것이다.

그날 산행을 마치고 내려오며 내 가슴 언저리엔 이런 물음이 맴돌았다. 왜 소멸의 빛깔은 저토록 아름다울까. 그리고 이어지는 물음. 나도 소멸의 순간이 가까워지면 저런 아름다움을 뿜낼 수 있을까.

이런 절박한 물음을 품고 마을 어귀 논길로 들어서는데, 벼를 다 베고 난 텅 빈 논배미에 우렁이 껍질들이 드문드문 눈에 띄었다. 우리 마을은 우렁이 농법으로 유기농 쌀을 생산한다. 그러니까 논배미에 보이는 우렁이 껍질들은 성스러운 임무를 다 마치고 난 뒤의 잔해인 것. 엄지 손톱만 한 우렁이 껍질 하나를 주워 들여다보는데, 문득 눈시울이 시큰해진다. 그 갑각의 무기물은 겨우내 삭고 부스러져 흙으로 화할 것이다. 나는 무슨 보물을 품듯이 우렁이 껍질 하나를 주워 와 내가 자주 보는 책들이 있는 서가에 올려놓았다.

소멸의 찬란한 빛을 보여주는 늦가을 산의 단풍, 들국화, 텅 빈 논배미, 우렁이 껍질들은 모두 나의 근친이다. 스스로 돌아갈 곳을 알아 고요히 스러지는 것들. 내가 저들을 근친이라 하는 것은 나도 저들과 다르지 않을 것을 알기 때문이다.

고도의 지능을 가진 존재는 저들의 고요한 스러짐을 '죽음'이라 명명하며 두려워하지만, 생성과 소멸이 우주 생명의 이치임을 깨달으면 죽음은 없는 것이다. 무위당無爲堂 장일순 선생께서는 나에게 손수 묵화 한 점을 쳐주신 적이 있는데, 화제가 '천지여아동근, 만물여아일체天地與我同根 萬物與我一體'였다. 그렇다. '하늘과 땅이 나와 한 뿌리요 만물과 내가 한 몸'이라는 것을 자각하는 사람에게는 죽음이란 없는 것이다.

평생 땅에 두더지처럼 엎드려 나를 위해 땀 흘리셨던 농부인 내 아버지 어머니는 곧 나이며, 유기농을 위해 논배미에서 살다 껍질만 남은 우렁이 또한 나이고, 잡초요리를 즐겨 먹는 나에겐 잡초들이 곧 나이고, 풀 한 포기 벌레 한 마리조차 하느님처럼 공경하며 살았던 장일순 또한 나가 아니겠는가.

모름지기 늦가을 산의 소멸의 빛이 아름다운 것은 '나' 혹은 '나의 것'이라는 욕망의 자의식을 여의었기 때문이다. 우리가 산과 들에서 마음의 안식을 누리는 것은 그런 자의식이 없는 존재들의 아름다움이 우리 눈을 황홀하게 하기 때문이다. 하지만 우리는 저 아름다움의 황홀에 눈멀지 않고 겨울이 지나 봄이 도래하면 새롭게 움틀 파릇파릇한 생성의 빛, 창조의 빛을 볼 줄 아는 보배로운 눈도 지녀야 하리라.

새들은 뼛속이 비어 하늘을 가볍게 날 수 있다

신새벽 재잘거리는 새소리에 잠이 깼다. 문을 열자 세상은 온통 설국. 지붕과 마당, 돌담과 장독대에도 흰 눈이 소복소복 덮여 있었다. 장독대의 항아리들은 쌓인 눈 때문에 키가 한 뼘은 더 커보였다. 집 바깥으로 나갔더니, 앞길은 누가 벌써 쓸어놓았다.

경로당 앞까지 눈이 말끔히 치워져 있었는데, 문 앞에 작은 눈사람 하나가 솔방울 눈동자까지 달고 서 있었다. 누가 만들어 세웠을까? 동네엔 아이들이라곤 없는데, 혹 장난기 있는 노인들이? 정말 오랜만에 보는 눈사람이 무척 정겨웠다.

정오쯤 되자 반짝 해가 났다. 날씨도 포근했다. 늦은 오후 모처럼 개를 끌고 산책을 나섰는데, 경로당 앞에 세워져 있던 눈사람이 보이지 않았다. 벌써 다 녹아버린 걸까. 내가 세운 건 아니지만, 있던 것이 사라진 공간은 허전했다.

문득 '환영maya'이란 말이 떠올랐다. 환영이란, 공상이나 환각에 의하여 눈앞에 있지 않은 것이 있는 것처럼 보이는 현상을 말한다. 그래, 오전에는 내 눈앞에 있다가 오후가 되어 사라진 눈사람이야말로 환영의 힘을 보여주는 멋진 상징이군!

산책을 마치고 돌아오다가 경로당을 나서는 마을 부녀회장을 만났다. 반갑게 인사를 나누며 물었다.

"여기 눈사람이 있었는데, 어디로 간 거죠?"

넉살 좋은 부녀회장은 성긋벙긋 웃으며 대꾸했다.

"아, 그거 우리 할마씨들이 심심풀이로 맹글었는데, 해님이 다 잡숴버린 모양이우."

"하하… 해님이요?"

"고 선상, 사는 게 그렇게 허망하다우. 그런데 TV 뉴스를 보면, 그걸 모르는 딱한 사람들도 많더라구!"

인사를 나누고 헤어져 돌아오며 부녀회장이 말한 딱한 사람들을 생각하며 기도했다.

19세기의 인도 성자 라마크리슈나는 "신만이 영원한 실재이며 다른 모든 것은 환영maya이다. 우리는 이것을 분별할 줄 알아야 한다"고 말했다.

이슬람의 수피들도 동일한 인식을 보여준다. 그들은 영원한 실재인 신을 아는 것이 모든 지혜의 으뜸이라 설파했고, 예수 또한 '내가 추구하는 하느님의 나라는 이 세상의 나라가 아니다'고 잘라 말했다.

왜 위대한 종교문헌들은 모두 세상을 환영으로 보는 것일까. 한 철학자는 그것을 '전략'으로 본다. 세상은 분명히 우리에게 경험되기 때문에 환영이 아님에도 불구하고 세상을 환영으로 간주하는 까닭은, 이 세상보다 더 가치 있는 것으로 유도하기 위해서라는 것. 즉 세상이 환영이라고 말함으로써 덧없는 세상에 대한 집착을 끊게 만들어서 더 가치 있는 것에 몰입하도록 하기 위함이라는 것.

더 가치 있는 것이라니? 우리 생의 궁극적 실재인 신을 탐구하는 일이나 세속적 욕망에서 자유로워지는 것을 말하는 것이 아닐까. 환영의 세상에 얽매일수록 우리의 삶은 무거워지지 않던가.

새들은 뼛속이 비어 하늘을 가볍게 날 수 있다고 한다. 종교들이 일러주는 환영론은 욕망의 뼛속을 비우라는 거 아닐까. 세상 위로 날아가면서도 세상에 날개가 닿지 않는 새처럼 그렇게 살라는 것이 아닐까.

알
몸
의

귀
향

기온이 영하로 내려간다기에 서둘러 텃밭의 무를 뽑았다. 무를 칼로 다듬어 바람이 들어가지 않도록 비닐로 포장해 창고에 집어넣은 뒤, 오후에는 무청을 엮어 뒤란 처마 밑에 가지런히 매달았다. 저물녘 찬바람이 불기 시작하자 돌담 옆의 감나무, 가죽나무의 붉게 물든 이파리들이 우수수 우수수 떨어져 내렸다. 나도 그렇지만, 나무들도 겨우살이를 준비하는 몸짓이리라.

지금보다 젊었을 때는 만추의 낙엽을 보며 삶의 종말을 뜻하는 상징으로 치부했다. 다시 말하면 낙엽을 보며 존재의 쇠

락과 늙음만을 반추하지 존재의 성숙을 읽으려 하지 않았다. 그러나 세상에는 겉사람 은 늙어가도 번뜩이는 지혜와 슬기로 삶을 전체적으로 바라볼 줄 아는 통찰력을 갖춘 잘 여물어가는 인생도 있다. 내면의 뜰을 알뜰살뜰 가꾼 이들이다. 풋풋하던 잎사귀가 진액을 잃고 말라 떨어지면 나무들은 곧 알몸이 드러나지만 누가 그 당당한 알몸을 깔볼 수 있겠는가. 깔보기는커녕 부끄러움에 절로 머리가 숙여질 뿐이다.

어느 날 늘그막의 붓다가 아난다와 함께 숲을 지나가고 있었다. 마침 마른 잎들이 떨어지고 있었고, 길 위에는 낙엽이 쌓여 바람이 불 때마다 소리를 내며 뒹굴었다. 그때 아난다가 스승에게 물었다.

"한 가지 궁금한 게 있습니다. 스승께서는 자신이 가지고 계신 모든 것을 우리에게 드러내셨습니까? 아니면 무언가 우리에게 숨기고 계신 것이 있습니까?"

붓다가 대답했다.

"아난다야, 네가 보다시피 나의 손은 이렇게 펼쳐져 있다.

겉사람 그리스도교 용어로 사람의 육체를 지칭하는 말.

깨달은 자는 주먹을 쥐지 않는다. 있는 그대로의 이 숲을 보아라. 숨기는 것이 없다. 나는 이 숲처럼 열려 있다. 깨달은 자는 주먹이 없는 법이다."

그러고 나서 붓다는 낙엽 몇 잎을 집어 손안에 넣고 주먹을 쥔 다음 말했다.

"지금 내 주먹은 닫혀 있다. 너는 그 낙엽을 볼 수 없다."

다시 붓다는 주먹 쥔 손을 활짝 폈다. 낙엽들이 그의 손에서 떨어져 흩날렸다. 붓다가 말했다.

"깨달은 자의 손은 주먹과 같지 않다. 그는 열려 있다. 나는 모든 것을 드러냈다. 만일 무언가 감추고 있다고 느낀다면 그것은 너 자신 때문이지 나 때문이 아니다."

이처럼 잘 여문 인생은 자신을 있는 그대로 드러낸다. 통나무처럼 소박 단순하기 때문이다. 알몸의 귀향을 항상 의식하고 살기 때문에 그 알몸에 거짓의 옷을 두르지 않는다. 보화가 안에 그득하여 광채를 뿜는데 무엇 때문에 겉을 꾸미겠는가. 곱게 물든 낙엽의 아름다운 빛깔이 나무 내부의 작용에서 비롯된 것이듯, 아름답게 여문 인생은 그 내면을 잘 가꾸었기 때문에 따로 장식이 필요치 않다. 인도의 고산지대에서 척박한 삶을 꾸려온 라다크인들의 다음과 같은 짧은 경구는 누구나 가슴에 새겨두고 자주 곱씹어도 좋으리라.

"호랑이의 줄무늬는 바깥에 있고 인간의 줄무늬는 안에 있다."

죽음이 임박한 중에도 큰 선물을 안겨주고 떠나가신 스승한 분을 나는 지금도 잊지 못한다. 원주의 예수로 불렸던 무위당 장일순 선생. 그분은 인간의 줄무늬가 안에 있음을 당신 몸으로 증언하신 분이다. 위독하시다는 소식을 듣고 그분이 입원하고 있는 암병동을 찾아갔는데, 몸은 바짝 마르셨지만 맑은 눈빛은 여전하셨다. 인사를 올리자 그분은 내 손을 꽉 잡으며 말씀하셨다.

"지금 괜한 짓들을 하는구먼! 암도 내 몸인데 잘 모시고 가야지."

깊이 여물지 않은 인생에게는 결코 쉽지 않은 고백이다.

바람결에 낙엽을 흩날리는 나무를 바라보고 있을 때 지극한 몸짓으로 알몸의 귀향을 준비하는 나무들과 살아생전 선생의 얼굴이 겹쳐졌다. 문득 내 안에 큰 천둥소리가 들렸다. 늙지만 말고 잘 여물어 가시게! 나는 오늘의 큰 스승인 나무들에게 경배를 바치고 싶어졌다. 공손히 두 손을 모았다.

고
드
름

　조금 늦게 잠에서 깨어나 문을 열었더니, 처마 끝에 길쭉길쭉 맺혀 있는 고드름. 물결무늬 슬레이트 지붕 위에 쌓인 눈이 녹으며 고드름을 만든 것. 어떤 결빙은 정신적 노화의 상징처럼 여겨지지만, 어떤 결빙은 신묘한 형상을 빚어내어 우리 안의 경이의 아이로 하여금 탄성을 토하게 한다. 어릴 적 유리창에 하얗게 기기묘묘하게 피어나던 성에가 그렇고 오늘 내 방 앞에 맑은 주렴을 드리운 고드름이 그렇다.

　윤극영 님이 만든 동요 속의 수정 같은 고드름. 문득 동심이 솟구쳐 돌담 곁에 있는 뽕나무 가지 하나를 꺾어와 고드름을 실로폰처럼 두드리며 추억 속의 동요를 불러본다. "고드름 고드름 수정 고드름~"

고드름을 두드리며 놀다 장난기가 발동한 나는 가장 긴 고드름을 하나 뚝 떼어 입에 넣고 우두둑 깨물어본다. 별 맛이 없다. 물맛처럼 그냥 싱겁다. 어릴 적 아련한 기억 하나. 난 초등학교 때도 제법 키가 컸다. 그래서 그랬을까. 싱거운 소리를 잘했다. 외삼촌은 키가 크고 싱거운 소리를 잘하는 날 보고 '고드름장아찌 같은 눔'이라고 놀렸다. 고드름장아찌? 외삼촌이 했던 그 재미있는 표현이 떠올라 우두둑, 다시 고드름을 깨물어본다. 여전히 싱겁다. 짜고 매운 것들만 득세하는 세상! 하지만 우리 집 처마 끝에는 따먹기엔 싱거운 고드름장아찌들이 죽죽 키를 늘리고 있구나.

이렇게 고드름에 얽힌 어린 날의 추억까지 들추며 놀고 있는데, 아침밥을 짓던 아내가 부엌문을 열고 빼꼼 내다본다. "디시 한 번 더 불러봐요. 오랜만에 고드름 노래 들으니 생기가 돋네!" 멍석까지 깔아주니 나는 더욱 신이 나 고드름 노래를 3절까지 내리 불렀다. 가사가 기억나는 게 신기했다. 노래를 마치자 아내가 박수까지 쳐주며 말했다. "오늘 모처럼 당신 공일空日이네요." 하하, 공일! 오늘 같은 날은 무조건 놀아야지. 사실 사십 대 후반부터 글 쓰는 일로 생계를 꾸려온 내게는 따로 휴일이 없다. 직장인들처럼 어디 매이지 않으니, 쉬고 싶으면 그날이 휴일이고 글 쓸 것들이 잔뜩 밀려 있을 땐 쉬지 않고 일을 한다.

그동안 작가로 살아온 나는 남들이 떠들썩하게 준비해 떠나곤 하는 가족 '바캉스' 같은 것도 제대로 챙긴 적이 없다. 그런데 이 '바캉스vacance'라는 말이 재미있더라. 이 말을 단수로 쓰면 공空, 부재, 속이 비어 있음이란 의미이고, 복수로 쓰면 놀이, 운동, 여가 같은 활동에 바치는 시간을 뜻한다고 한다. 미셸 투르니에는 "바캉스는 비어 있는 시간이 아니라 가득 차 있는 시간을 가리킨다"고 말하기도 했다. 결국 아내가 말한 휴가는 보통 직장 노동자들이 일정한 시간을 정해 쉬는 그런 휴가는 아니다. 오늘 내 휴가는 기온이 급강하하며 환영처럼 빚어놓은 결빙의 예술 때문에 갑자기 주어진 것이니까.

미셸 투르니에는 '휴가'와 관련하여 뚱딴지처럼 심장을 생각해보라고 한다. 우리 몸의 근육들은 휴식을 위해 하루 평균 여덟 시간 동안 잠을 자지 않으면 안 되는데, 그중 한 가지 근육만이 이 불연속성의 법칙에서 제외된다고 한다. 바로 심장

근. 이 근육은 일생 동안 쉬지 않고 뛴다. 그렇다면 이 근육은 아예 휴식하지 않는다는 말인가. 심장 근육의 비밀은 다른 근육들보다 더 많이, 더 잘 휴식한다고. 어떻게? 두 번의 박동 사이에 아주 짧은 순간 동안 휴식을 취한다는 것. 참으로 놀랍지 않은가. 다시 말해서 심장의 휴식, 잠, 바캉스는 심장의 노동과 뒤섞여 있다는 것. 그래서 투르니에는 휴식과 바캉스가 내포되어 있는 심장 같은 노동을 하라고 권한다.

일과 노동이 잘 구분되지 않는 작가로서의 삶은, 나는 물론 가족들도 받아들이기 쉽지 않았다. 그러나 나보다 생활에 대한 적응력이 뛰어난 아내는 프리랜서로 사는 내 삶이 심장과 같은 노동자의 삶임을 이미 눈치 챘던 것일까. 자연이 빚어낸 지붕에 뿌리를 내린 고드름들을 두드리며 실로폰 소리라 우기는 동심에 사로잡힌 순간을 '휴가'라고 불러주었으니 말이다. 그런 휴식 속에 고귀한 새 삶의 씨앗이 움트고 있음도 알았을까. 신이 허락하는 한 내 남은 생을 심장처럼 휴식하며 하루하루 향기롭고 싶다.

우리는 가볍게 사랑하자

입춘이 지났지만 아직 새벽 공기는 차가웠다. 난 동트기 전에 일어나 여행 짐을 꾸리느라 종종거렸다. 꼭 먼 길이 아니더라도 길 떠남은 언제나 날 설레게 한다. 오늘 가려고 하는 곳은 충북 증평에 있다는 문학창작 공간. 9시쯤 되자 지난해 뜻밖의 인연이 된 B가 차를 끌고 와 빵빵거렸다. 막상 떠날 생각을 하니 짐이 꽤 될 것 같아 며칠 전부터 은근히 B를 꼬드겨 함께 길을 떠나게 된 것. 아내가 차려준 밥을 한 술씩 떠먹고 길을 나서며 그와 맺어진 만남의 신비에 대해 천천히 곱씹어보았다.

사실 이젠 새로운 인연을 맺는 것에 대해 자꾸 곱송그리게 된다. 세상에 영원한 것은 없으니까. 찰떡궁합 같은 사이도 아주 사소한 일로 금이 가 헤어지는 경우가 얼마나 많던가. 그렇게 헤어지고 나면 그 상실과 이별의 아픔은 우리를 은결 들게 하지 않던가. 사랑과 만남이 도상의 존재인 사람의 일이지만 상실과 이별도 사람의 일. 모름지기 세상의 모든 인 연은 변화를 피할 수 없고, 상실과 이별도 피할 수 없다. 그렇 다면 그 연이 깃털처럼 혹은 비눗방울처럼 가벼워야 하지 않을까.

B와의 만남은 부득이했다. 곰살궂을 정도로 청소년을 사랑 하는 B가 내가 사는 고장으로 와 청소년을 위한 작은 카페를 열었고, 나도 그 공간에서 작은 교회 공동체를 꾸려가야 했기 때문이다. 처음 B를 내년했을 때 나는 그에게서 싱싱한 야성 을 느꼈다. 야성이 느껴지는 사내답게 B는 육체노동을 좋아 했지. 땀 흘려 몸으로 터득하는 배움을 소중히 여겼고, 머리 만 굴려 아는 지식을 믿지 않았다. 오늘날 컴퓨터 공간에서

곱송그리다 몸을 잔뜩 움츠리다.
은결들다 내부에 상처가 생기다.

얻는 얄팍한 지식으로 뭘 아는 체하는 이들이 얼마나 많은가 말이야. B는 그런 '빌려온 지식'을 경멸했다.

B는 내가 낡은 한옥을 혼자 수리하는 걸 알고 틈날 때마다 와서 기꺼이 땀 흘리기를 자청했다. 불 때는 아궁이를 만들고, 흙과 돌로 담을 쌓고, 겨울 땔감을 마련하는 작업을 할 때도 기꺼이 일벗이 되어주었다. 일삯 한 푼 없는 힘든 일을 하면서도 그는 마치 놀이를 하듯 여낙낙하게 즐겼다.

그런 B를 보면서 그리스인 조르바가 떠올랐다. 니코스 카잔차키스가 '어머니 대지에서 탯줄이 떨어지지 않은 사나이'라고 명명했던 조르바. 지금이 어떤 시절인데, 조르바를 닮은 이런 대책 없는(!) 사내가 있단 말인가.

매사를 구멍가게 주인처럼 주판알을 튕기며 자기 이익을 챙기기 위해, 합리적 이성의 노예가 되는 걸 주저하지 않는 시절. 자기 이익에 부합하지 않으면 하늘이 맺어준 소중한 인연도 거두는 냉혹한 시절. 옛사람들이 '하늘'을 두려워하며 그 하늘의 신비에 자기들의 삶을 내맡겼던 그런 순천順天의 마음을 곰팡스러운 것으로 치부하는 시절.

나는 문득 시 한 편이 생각났다.

날아오르는 새는 얼마나 무거운지,

어떤 무게가 중력을 거스르는지,

우리는 가볍게 사랑하자.

기분이 좋아서 나는 너한테 오늘도 지고, 내일도 져야지.

어쩜 눈이 내리고 있네. 겨울 코트엔 온통 깃털이 묻고,

공중에서 죽어가는 새는 중력을 거절하지 않네.

우리는 죽은 새처럼 말이 없네.

나는 너를 공기처럼 껴안아야지. 헐거워져서 팔이 빠지고, 헐

거워져서 다리가 빠져야지.

- 김행숙, <새의 위치> 중에서

　여기서 시인은 '도법자연道法自然'이란 옛 가르침처럼 새(자연)에게서 자기 존재의 위치를 웅숭깊게 점검하고 있다. 무한 경쟁 속에서 무거움에 짓눌려 살아가는 이들에게 '가볍게 사랑하자'며 '나는 너한테 오늘도 지고,/내일도 져야지'라는 다짐, '나는 너를 공기처럼 껴안아야지. 헐거워져서 팔이 빠지고, 헐거워져서 다리가 빠져야지'라는 시인의 다짐은 자연을

자기 삶의 스승으로 여기기 때문이 아닐까.

시의 후반부에 나오는 표현처럼 '사람들은 전부 발자국을 만드느라 정신이 없네./춥다, 춥다, 그러면서 땅만 보며 걸어다니'는 시절에, B는 제 발자국을 만들지 않고, 땅만 보며 걷지 않고 늘 자기를 걷게 하시는 하늘을 우러르며 사는 것만 같았다.

목적지에 가까이 다가올 무렵 차를 몰던 B는 차창을 열어 바람을 쐬며 중얼거렸다.

"형님, 봄이 오고 있어요. 바람이 이젠 달라요."

"이 사람아, 봄이 오긴! 아직 도처에 잔설이 허연데…."

길가엔 풀 한 포기 안 보였지만, B는 봄의 전령의 속삭임을 듣기라도 한 듯 자기 속의 느낌을 뜨겁게 토해냈다. 자연에 대한 설렘과 경이를 잃어버린 시대, B의 의식은 시대의 물결을 거스르는 날치처럼 파닥거렸다. 그래, B의 내면에는 '작은 아이'가 살아 있구나. 미국의 철학자 샘 킨은 우리 안에 '아이'가 살아 있지 않고서는 경이로운 세계로 들어갈 수는 없고 물질의 세계를 넘어선 형이상의 세계로 여행할 수 없다고 했지.

길지 않은 여정이었지만, B와 동행할 수 있어서 무척 행복했다. 잠시나마 낯익은 것들과 결별하고, 설렘이 있는 낯선 곳에 머물 수 있게 되어서 말이야. 짐을 다 풀고 한가로이 차 한 잔을 마시고 있을 무렵 B에게서 문자가 왔다.

"저 아까 형님 모신 길 말고 옆길로 샜어요."

나는 즉시 답신을 보냈다.

"그래, 산길을 가도 옆길로 새야 보물을 캘 수 있지. 꼭 산 삼이 아니더라도 향기로운 더덕 한 뿌리라도 캐려면 말이야."

2장

너와 나를 살리는
녹색의 시간

삶이 버거울 때는 잡초를 보라

대한이 소한 집에 가서 얼어 죽는다더니 요즘 내 꼴이 꼭 그 형국이다. 소한이 지났지만 동장군의 기세는 여전하다. 그 기세에 눌려 죽은 듯 방콕(!)하고 지냈더니, 몸이 찌뿌둥하다. 모처럼 날씨가 좀 풀려 두툼한 잠바를 걸치고 마을을 벗어나 논밭뙈기 사이로 난 농로로 걸음을 떼어놓는다.

사실 나는 지난해 봄부터 늦가을까지 이 농로를 거의 매일같이 걸었다. 단지 운동을 하기 위해서가 아니었다. 논밭두렁에 돋아난 잡초를 뜯어 먹으러! 웬 잡초 타령이냐고? 나는 식재료비 0원의 잡초를 뜯어 먹으면서 그 강한 생명력과 뛰어난 약성藥性에 반했고, 흔하디흔한 잡초야말로 미래식량의 한 대안이 될 것이란 확신을 갖게 되었다.

덕분에 '흔한 것이야말로 귀하다!'는 깨우침도 새겼다. 그렇지 않은가. 금화 같은 '흔치 않은 것'을 숭상한 결과 자본이 지배하는 세계경제체제는 이제 내리막길로 곤두박질치고 있지 않은가. 따라서 흔한 것을 소중하게 여기는 삶의 방식으로 전환하는 것이 전 지구적인 파국을 막을 대안이 될 수도 있겠다는 생각도 하게 되었다.

야산에 둘러싸인 농로는 눈이 녹지 않아 미끄러웠다. 빨리 걸을 일도 없지만 얼어붙은 길 때문에 걸음은 더욱 느리다. 그렇게 천천히 걷다가 농로 곁의 논두렁을 살펴보니, 혹한 속에서도 살아남은 푸른빛 잡초들이 보인다. 미끄러질까 봐 내 팔에 매달려 걷던 아내도 잡초들을 보고 놀란 눈을 휘둥그레 뜬다.

"어머, 저 퍼렇게 살아 있는 것 좀 봐!"

"그렇구려. 그런데 저런 식물들을 뭐라 부른다고 했지?"

"아이 참, 또 잊었어요? 로제트 식물요."

잎을 땅에 찰싹 붙이고 겨울을 나는 식물을 그렇게 부른다. 오늘 우리 눈에 띈 로제트 식물은 개망초, 민들레, 달맞이꽃,

곰보배추…. 저 식물들은 어쩜 저렇게 한껏 몸을 낮추고 겨울을 이겨낼 지혜를 갖게 되었을까. 가을에 종자를 뿌리는 이 식물들은 겨울을 견뎌야만 다음해 봄에 싹을 틔운다. 혹한을 견뎌내는 로제트 식물뿐 아니라 실은 모든 잡초들이 강한 내성을 가지고 있다.

하지만 본래 잡초가 다른 식물들보다 강한 건 아니다. 잡초는 약한 식물이다. 약함에도 불구하고 잡초가 건재할 수 있는 까닭은 자기보다 더 강한 식물이 힘을 발휘할 수 없는 장소에 뿌리를 내리고 살기 때문이다. 잡초는 예측불가의 환경에도 살아남을 수 있는 적응력을 가졌다. 어떤 식물학자는 이런 잡초를 두고 "예측불가능한 난세를 좋아하는 식물"이라고 했다. 햐, 식물의 세계는 들여다보면 볼수록 웅숭깊다.

사실 '난세'란 말은, 어지러운 인간세상을 두고 하는 말이 아닌가. 요즘 들어 모두들 어렵고 힘들다고 아우성이다. 하루 세 끼 밥을 굶지 않기 위해 애면글면해야 하고, 세상인심은 점점 각박해지고, 신용불량자는 점차 늘어나고, 국민을 위한다는 국가는 도리어 국민을 괴롭히는 '괴물(니체)'로 인식되고, 그러다 보니 하늘이 선물로 준 신성한 생명을 헌신짝처럼 내버리는 일이 비일비재하다. 과연 '난세'인가, 하나밖에 없는 목숨을 버릴 만큼? 잡초는 예측불가의 난세에도 잘 살아간다는데….

그렇다. 아무리 힘든 환경에서도 잡초는 자살하지 않는다. 밟히고 또 밟히면서도 굳세게 살아가는 질경이를 보라. 본래 질경이는 다른 식물들과 경쟁할 땐 약한 식물이라고 한다. 하지만 밟히며 살아가는 데는 질경이를 따라올 식물이 없다. 그래서 다른 식물들이 살아가지 못하는 길바닥을 서식지로 삼는 것. 여린 잎 속에 강한 실 줄기가 들어 있어 사람들 발길에 밟혀도 다시 오뚝 일어나며, 씨앗 속에 젤리 모양의 물질이 있어 물에 닿으면 부풀어 오르며 달라붙는 성질이 있는데, 바로 이 성질을 이용하여 씨앗을 퍼뜨린다고.

와우, 놀라워라! 사람의 신발이나 동물의 발, 심지어는 자동차의 바퀴에 붙어 자기종족을 천지사방 퍼뜨리다니. 밟히고 또 밟히면서도 씩씩하고 늠름하게 살아가는 질경이를 볼 때마다 그 생존의 지혜로움에 짝짝짝 박수를 치지 않을 수 없다.

길가에 서식하기 때문에 자주 밟히는 잡초 가운데는 민들레도 있다. 물론 밟히면서도 일어난다. 하지만 밟히면서 계속 일어나는 건 아니다. 계속해서 밟히면 민들레는 옆으로 자라는 기막힌 지혜를 발휘한다. 암치료에 효험이 있다고 각광받는 비단풀도 사람들의 통행이 붐비는 길 위에 납작 엎드려 짓밟히면서 생명을 영위한다. 길바닥에 붙어살기 때문에 꽃을 피워도 벌이나 나비의 눈에 띄지 못하지만, 개미와 파트너를 이루어 꽃가루받이를 하여 씨앗을 퍼뜨린다. 이런 지혜로운 생존전략을 보면, 잡초는 힘겹게 살아가는 이들이 난세의 스승으로 삼아도 좋겠다는 생각이 들곤 한다.

지난해 논에 모를 낼 무렵, 중부지방에는 가뭄이 심했다. 나는 마을농사가 걱정되어 농로를 걸으며 바짝바짝 타들어가는 논밭을 살펴보았다. 식물들이 노랗게 타들어가고 있었다. 그런데 논밭두렁이나 길가에 서식하는 잡초들은 싱싱한 초록빛을 뽐내고 있었다. 사람이 재배하는 식물들과 달리 잡초가 가혹한 환경에서도 씩씩하고 늠름하게 살아가는 비결은 뭘까. 그건 곧 깊게 뻗어 내린 '뿌리' 때문이었다.

물을 풍부하게 제공받는 수경재배 식물은 뿌리를 길게 뻗지 않는다. 뿌리를 뻗지 않아도 충분히 물을 공급받기 때문이다. 하지만 수분이 부족한 식물은 물을 찾느라 뿌리가 쭉쭉 길어진다. 그렇다면 가혹한 환경에 살아가는 사람은 어떨까. 아이다 미쓰오의 〈생명의 뿌리〉라는 시가 있는데, '눈물을 참고 슬

품을 견뎠을' 때 '생명의 뿌리는 깊어진다'고 노래한다.(이나가키 히데히로, 《도시에서, 잡초》)

인간이 역경을 잘 견뎌낼 때 존재의 성숙에 이를 수 있음을 노래하는 시인데, 어쩜 시인은 역경 속에서 더욱 깊게 뿌리내리는 잡초에게서 이런 삶의 지혜를 터득했는지도 모른다.

농작물을 키우는 밭에서 가장 미움을 받는 잡초로 쇠뜨기가 있다. 이 식물의 땅 위 줄기는 몇십 센티미터에 불과하지만, 뿌리줄기는 헤아릴 수 없을 만큼 땅속 깊이 종횡무진 뻗어나간다고. 그 뿌리가 얼마나 깊은지 일본 히로시마가 원자폭탄으로 폐허가 된 후 가장 먼저 시퍼렇게 돋아난 식물이 바로 쇠뜨기였다고. 그래서 이 식물을 '지옥에서 살아난 잡초'라 부르기도 한다.

이처럼 가혹한 환경에서도 생명의 불꽃을 피워 올리는 잡초를 생각하면, 혹한의 겨울을 힘겹게 나면서도 도통 엄살을 부릴 수가 없다. '식물세계의 하층민'인 잡초, 인도식으로 말하면 '불가촉천민'쯤 되는 잡초지만, 언제나 향상向上의 의지를 가지고 하늘을 우러르며 살아가는 생명의 신비에 절로 고개가 숙여지곤 한다.

잡초만 그런 것은 아니다. 얇은 판자때기 집에서 오들오들 떨면서도 까불까불 명랑하게 꼬리치는 우리 집 흰둥이나 저 추운 설산에 갇힌 산짐승들을 비롯해, 생명 있는 모든 것들은 난경難境 속에서도 지금보다 더 향상하려는 삶의 의지를 무량무량 불태우고 있다. 함석헌 선생이 말했던가. 생명生命은 문자 그대로 '살아라!生'라는 하늘의 명命이라고.

흔하디흔하기에 정말 귀한 잡초를 스승 삼고 난 후 나는 잡초를 통해 생의 존엄과 절대긍정의 삶의 지혜를 배우고, 흰둥이가 꼬리치며 새해 선물로 준 '명랑'이라는 화두를 시와 노래와 춤으로 풀어 한껏 낭비하며 살아가려 한다.

땔나무를 쪼개다가

아침마다 장작을 패는 건 요즘 내 주요 일과. 찬 구들방을 덥혀야 하니까. 정월 초하룻날도 나는 어김없이 장작을 패고 있었다. 이따금 개 짖는 소리 말고는 동굴 속처럼 고요한 마을, 장작 패는 소리가 온 동네를 흔들어놓았나 보다. 잠시 일손을 멈추고 땀을 닦느라 쪽마루에 앉아 있는데, 누가 삐그덕 대문을 밀치고 들어왔다.

"아니, 좀 쉬시지 않고 새해 첫날부터 이 고된 일을…?"

오. 사람 좋은 뒷집 장 선생. 은퇴를 앞두고 작년에 우리 마을로 양옥집을 짓고 들어와 이웃이 된 분이다. 머리가 희끗희

끗한 중늙은이가 정초부터 장작을 패는 모습이 안쓰러웠을
까. 사실 나는 평소 몸 쓰는 노동을 즐기는 터, 이런 일로 힘
들다고 엄살떤 적이 없다. 장작을 쪼개는 일은 적당히 땀 흘
릴 수 있어 몸에도 좋고, 정신집중에도 으뜸이니 일거양득이
아닌가.

"어서 와요. 고되긴 뭐, 쉬엄쉬엄하는 걸요. 사실 이런 일은
힘들지 않은데, 어쩌다 인터넷 뉴스를 열면, 나라를 통째로
말아먹은 놈들 보는 게 힘들죠."

그랬다. 사태의 진상을 알 법한 이들이 아령칙한 답변으
로 국민을 기만하고 있다는 생각이 들 때, 불쑥불쑥 일어나는
분노를 누르고 지내는 게 정말 힘들었다.

끝 간 데 없는 저 탐욕의 무리들을 보며 한없이 울가망해지
던 마음. 자기 호주머니를 채우기 위해 다른 생명의 살 권리
는 희생되어도 좋다는 거 아닌가. 물론 어떤 존재든 다른 생
명의 희생 없이 존재할 수 없다는 거 잘 안다. 생명이 다른 생
명을 먹어야 비로소 존재할 수 있는 이 불가피한 현상을 누군
가는 창조주의 비애라고 했다. 하지만 이런 이야기가 자기 배

아령칙하다 기억이나 형상 따위가 긴가민가 또렷하지 않다.

를 채우기 위해 다른 생명의 살 권리를 빼앗아도 된다는 말은 아니다. 다만 지구에 주소를 둔 생명은 모두 다른 생명의 도움으로 살고 있다는 걸 깊이 자각하라는 거다.

그래서 잡초를 먹고 사는 우리 가족은 흔한 잡초를 뜯을 때도 "미안해, 고마워!"라고 말을 건네곤 한다. 내가 먹는 존재들이 곧 내 몸이 되는 것인데, 어찌 미안함과 고마움을 표시하지 않을 수 있겠는가.

이런 분명한 자각을 지니고 사는 사람은 자기 곁의 생명이 겪는 아픔에 무관심할 수 없다. 동물 희생이 보편적 관행이었던 원시 시대에도, 자기를 위해 목숨을 내놓는 동물의 희생에 경의를 표했다.

이런 경의를 표할 수 있는 마음이야말로 공감과 자비의 영성으로 나갈 수 있는 토대가 되지 않겠는가. 신화학자 조지프 캠벨은 "이 세상의 슬픔에 기쁨으로 참여해야 한다"고 했나. 하지만 누가 과연 이 세상의 슬픔에 기쁨으로 참여할 수 있을까. 보살의 마음을 지닌 자라야 그럴 수 있지 않을까.

아직 더덜뭇한 나는 보살의 지극한 마음과는 거리가 멀

더덜뭇하다 결단성이나 다잡는 힘이 모자라다.

다. 그러니 타인의 슬픔에 기쁨으로 참여할 수가 없다. 그냥 타인의 슬픔에, 슬픔으로 참여할 수 있을 뿐. 하지만 나이 들수록 살아 있는 것들에 대한 연민이 점점 커져간다. 젊을 땐 드물던 그놈의 눈물도 점차 많아지고. 하여간 모든 생명의 뿌리는 하나라는 생각에 사무칠 때가 많다. 나라 살림을 통째로 말아먹은 이들조차, 내 존재의 일부라는 생각이 들곤 한다.

그러나 아무리 그렇다 하더라도, 범죄를 저지른 이들의 죄상은 명명백백히 밝혀져 그 죗값을 치르면 좋겠다. 심은 대로 거둔다는, 하늘그물이 성긴 것 같아도 빠트림이 없다는 저 천상의 법대로 대가를 받으면 좋겠다. 누군가 아프면 나도 아프겠지만, 그것이 우주의 성스런 질서를 구축해가는 일이므로!

에구, 정초부터 땔나무를 쪼개다가, 문득 찾아온 뒷집 장선생 때문에 주저리주저리 온갖 수다를 다 떨었구나. 장 선생을 보내고 나서 쪼갠 나무를 수레로 실어다 바깥채 처마 끝에 쌓았다. 며칠 더 나무를 패면 겨울을 따뜻하게 날 수 있을 것같다. 가지런히 쌓아놓고 보니, 아낌없이 자기를 내어주는 나무에게 절로 고마운 마음이 새록새록해지누나.

"여보, 저 집은 꽃만으로도 부자네요!"

저물녘, 산책을 다녀오다 집 부근에 이르렀을 때 아내는 우리가 사는 집을 마치 남의 집을 가리킬 때처럼 '저 집'이라 부르며 탄성을 질렀다. 아니, 이 사람이 미쳤나? 지난겨울에만 해도 지긋지긋하다고 불평하더니!

하지만 나는 아무 대꾸도 않고 빙그레 웃으며 담 너머로 아내가 가리킨 '저 집' 마당을 들여다본다. ㅁ 자 한옥에 둘러싸인 마당에는 온갖 꽃들이 피어 아름다운 화원을 이루고 있었다. 처마 밑에 군락을 이루어 핀 흰 패랭이꽃, 장독대 둘레에 피어난 꽃양귀비, 초롱꽃, 꿀꽃, 금낭화, 목단꽃, 아주가꽃, 그리고 아직 꽃이 피지 않은 봉숭아, 해바라기 등 셀 수 없을 만큼 많은 꽃들.

아내는 그동안 온갖 꽃씨를 구하고 틈틈이 뒷산을 오르내리며 야생화를 캐다 심으면서 정성을 다해 마당을 가꾸었다. 그래서 '꽃만으로도 부자'라고 탄성이 나올 만큼 우리 집 마당은 아름답고 풍요로운 정원으로 변했다.

그러나 혹한의 겨울을 지내는 동안은 가족들이 몹시 힘들어했다. 지난해 겨울 어느 날, 아내는 갑자기 버럭 소리를 질렀다.

"왜 이 불편한 집으로 와서 식구들을 고생시키죠?"

정말 추웠던 것이다. 벽 두께가 얇은 오래된 전통한옥은 방한 기능을 제대로 하지 못했고, 비싼 전기료를 아낄 양으로 우리는 되도록 보일러를 틀지 않고 지냈다. 얼마나 추웠던지 방안에 들여놓은 물이나 요강의 오줌이 얼 정도였으니까. 늦가을까지는 식구들이 각자 자기 방을 썼으나, 날이 추워진 후로는 다른 방보다 방한이 되는 안방에서 한 이불을 뒤집어쓰고 서로의 온기를 나누며 지냈다. 물론 몸의 온기만 아니라 마음의 온기도 나누면서.

하여간 아내나 딸의 불평불만은 언제나 가장인 나를 향했다. 그러나 아내나 딸이 불평불만만 늘어놓는 건 아니었다. 어느 날은 한 이불을 뒤집어쓰고 누워 이런 대화도 소곤소곤 나누었다.

"이게 얼마 만이에요? 우리 식구들이 이렇게 서로 붙어 지낸 게?"

겨우내 손을 호호 불며 전시회 준비를 하던 조각가인 딸의 말이었다.

"하긴 그렇구나. 겨울도 여름처럼 지내는 아파트 같았으면 어림도 없는 일이지. 밥 먹을 때를 제외하곤 각자 자기 방에서 남처럼 지냈을 텐데."

아내의 대꾸였다.

"그렇게들 생각해주니 고맙구려. 우리 인생살이란 게, 잃는 게 있으면 이렇게 얻는 것도 있는 법이지."

모처럼 두 여자가 하는 말을 듣고 기분이 좋아진 나도 대화에 끼어들었다. 또 폭설이 많이 내린 어느 날은 이런 얘기도 이불 속에서 나누었다.

"저 눈 속에 갇힌 고라니며 너구리, 산토끼 같은 짐승들은 어찌 지낼꼬?"

아내가 이불 바깥으로 얼굴을 쏙 내밀고 말했다.

"폭설이 내린 데다 강추위가 계속되니 더러 굶어 죽는 놈들도 있겠구려."

내 대꾸에 이불을 머리끝까지 뒤집어쓰고 있던 딸이 말을 이었다.

"아빠, 그럼 내일은 고구마와 처마 끝에 잔뜩 매달아놓은 시래기 타래라도 챙겨서 짐승들이 다닐 만한 산길에 두고 올까요?"

"그래, 내일은 별로 할 일도 없으니, 등산 겸 그렇게 하자구나."

세 해 겨울을 이런 식으로 서로 살을 맞비비며 겨울나기를 한 우리 가족은 서로 더 친해지고 더 살가워졌다. 불편을 불편 그대로 받아들이고 살아가는 법도 조금씩 터득해가고 있다. 애당초 이 전통한옥으로 솔가할 때 나름대로 불편을 감수하기로 마음에 다짐은 하고 왔으나 불편을 몸으로 겪는 건 생각처럼 쉽지 않았다. 하지만 이젠 불편을 견디는 것도 이전보다 익숙해지고, 우리 시대의 덫인 편리, 속도, 안락이라는 새콤달콤한 욕망에서 조금씩 벗어날 수 있겠다는 자신감도 몸으로 터득해가는 중이다.

"저 집은 꽃만으로도 부자네요"라고 시구詩句에 다름없는 문장을 토해낸 아내는 대문을 들어서자마자 수돗가로 달려가 물뿌리개에 물을 담았다. 그리고 초여름 가뭄으로 시들시들 해진, 한 가족이나 다름없는 마당의 화초들에게 시원한 물을 뿌려주기 시작했다.

최
고
의 주
방
의 에
원
은 있
다

때 아닌 폭우가 쏟아지던 어느 여름날, 강원도 깊은 오지에 있는 장애인공동체를 방문했다. 나지막하게 지은 돌집 지붕에는 손수 담근 된장을 익히는 수십 개의 항아리들이 쏟아져 내리는 빗물을 받으며 번들거렸다. 집 앞의 넓은 텃밭에는 야채를 기르는 비닐하우스가 서 있고, 텃밭 가장자리에는 꽃사슴을 기르는 우리와 양봉 통들이 가지런히 놓여 있었다.

의지가지없는 노인들과 지체장애인들이 모여 사는 그 공동체를 섬기는 분은 나이 든 목사님인데, 햇볕에 잔뜩 그을린 얼굴빛이며 옷차림에서 시골 농부의 체취가 묻어났다. 그분의 안내로 따라간 식당에는 '간편한 삶'이란 글귀가 담긴 편액이 출입구에 걸려 있었다. 투박한 통나무 식탁 위에는 푸른 산야채와 된장국과 현미잡곡밥이 기다리고 있었다. 청정한 농작물로 차려낸 음식은 미각을 자극하기 위해 온갖 양념으로 버무린 그런 요리와는 거리가 멀었다. 그 풋풋하고 향기로운 먹거리는 내 식탐을 자극했다.

소박한 밥상 앞에 앉아 밥을 다 먹고 나자 입안에 그윽한 산야채의 향이 남았다. 빈 그릇을 부엌으로 가져가는데, 부엌 입구 벽에 '밥'에 대해 써서 걸어놓은 족자가 눈길을 끌었다.

이 밥이 우리에게 먹혀 생명을 살리듯

우리도 세상의 밥이 되어 세상을 살리게 하소서.

한 방울의 물에도 천지의 조화가 스며 있고

한 톨의 곡식에도 만인의 땀이 담겨 있으니,

감사한 맘으로 먹게 하시고

가난한 이웃을 기억하여 식탐 말게 하소서.

천천히 꼭꼭 씹어서 공손히 삼키겠나이다.

그 글귀에는 밥을 '하늘'로 여기는 마음이 고스란히 담겨 있었다. 그렇다. 왜 밥이 하늘이 아니겠는가. 사람이 목숨 줄을 놓으면 곡기를 끊었다고 하지 않던가. 하지만 오늘날 우리에게 이렇듯 밥을 공경하는 마음이 있던가. 공경이란 문자 그대로 웃어른이나 하늘을 모시는 극진한 마음이다. 과연 우리가 밥을 제대로 모셔왔던가.

양생법을 가르치는 중국의 의학서인 《황제내경》에도 "음식은 곧 하늘"이라고 했고, "최고의 의원은 주방에 있다"고 했다. 즉 우리 몸을 건강하게 하고 병들었을 때 필요한 약이 곧 우리가 음식을 만들어 먹는 주방에 있다는 것. 병이 들면 병원을 먼저 찾기 일쑤지만, 우리는 주방에서 만들어 먹는 음식을 돌아보아야 한다. 제철 음식을 먹고 있는지, 식탐만 자극하는 음식을 먹고 있진 않은지, 그 음식이 나를 살리는 약선藥膳(약이 되는 음식)인지?

그래서 시인 정현종은 음식을 만드는 공간인 주방을 '이타의 샘'이라거나, '보이는 세계를 위한 성단聖壇'(〈부엌을 기리는 노래〉)이라고 노래했던 것일까. 음식노동에 종사하는 이를 '부엌데기'로 폄하하는 세상에, 부엌을 '보이는 세계를 위한 성단'이라니! 이 시를 곱씹다 보면 그 오지의 장애인공동체의 풋풋한 식탁이 떠오르고, 늘 삼시 세 끼 챙겨먹는 삼식이(!)인

나를 위해 정갈하고 건강한 음식을 만들기 위해 주방에서 종종걸음을 치는 아내의 얼굴이 떠오른다.

그렇구나, 나를 살리는 하느님이 어디 먼 곳에 계시지 않고 바로 우리 집 주방에 계시는구나.

느
굿
한

삶
의

지
혜

내가 잡초를 애지중지한다며 누군가는 킬킬대고 웃겠지.
몇 년 전쯤의 나도 그랬으니까. 마당이나 텃밭에 쑥쑥 자란
잡초를 철천지원수처럼 여겼으니까. 그런데 몇 년 전부터 텃
밭에다 잡초를 키운다. 잡초를 키우다니! 사실 이건 정확한
표현이 아니다. 텃밭에 올라오는 잡초를 온새미로 자라도록
그냥 두는 것. 물론 우리 텃밭에 자라지 않는 잡초는 그 씨를
일부러 받아두었다가 봄에 뿌리기까지 한다.

왜 그렇게 잡초를 애지중지하냐고? 우리 가족은 잡초를 먹
고 사니까. 모두 잡초요리가인 아내 덕분이다. 모르는 사람에

겐 잡초는 잡초일 뿐이지만, 아는 사람에겐 잡초는 훌륭한 먹거리. 또 잡초는 대부분 뛰어난 약성을 지니고 있기까지 하다. 생명력이 강한 잡초는 웬만한 가뭄에도 쑥쑥 잘 자란다. 봄부터 가을까지 우리 가족은 채소 걱정을 하지 않는다. 텃밭이나 마당에 자라는 잡초가 지천이니까. 그래서 아내는 우리 집을 '장터'라 부르곤 한다.

하지만 잡초를 박멸해야 하는 대상으로만 여기는 주위의 농부들은, 잡초를 기르는 우리 가족을 사팔뜨기 눈을 뜨고 바라보곤 한다. 한 번은 우리 텃밭에 제초제를 쳐주겠다는, 달갑지 않은 호의를 거절하느라 애를 먹은 적도 있다. 그런 일이 있은 후 나는 텃밭에 〈잡초재배시험장〉이란 팻말을 써서 밭 한가운데 떡하니 세우기까지 했다.

나는 잡초요리가인 아내와 함께 《잡초치유밥상》이란 책을 냈으나, 아직도 잡초에 대한 세상의 관심은 지극히 미미할 뿐이다. 잡초 사랑은 사실 내 가족만을 위한 것은 아니다. 확신하건대, 잡초는 미래 인류식량의 한 대안이라 생각한다.

유전자조작농산물이 아니더라도 오늘날 우리의 먹거리는 심각하게 오염되어 있다. 대형마트에 가보면 먹을거리가 지천으로 쌓여 있지만, 자세히 살펴보면 사 먹을 게 별로 없다.

대부분 비닐하우스에서 비료와 농약으로 범벅이 된 오염된 먹거리니까.

　우리는 언제부턴가 '지속가능한'이란 말을 많이 사용한다. 인류의 삶이 지속될 수 없을 거란 의혹을 품고 있는 말이 아닌가. 먹거리 문제와 관련하여 말해보자면, 식량의 터전인 땅도 심각하게 오염되어 있고, 땅심을 잃어버린 그런 땅에서 대량생산을 꾀하는, 소위 기업농들은 자본의 노예로 전락해버렸다. 자본의 노예가 된 이들 속에서 지속가능한 삶의 비전은 전혀 찾아볼 수 없다.

　나는 최근 들어 인류의 고전들에서 지속가능한 삶의 원형을 찾고 있다. 고대 유대인들의 삶의 비전이 담긴 성경에서 그런 원형을 발견해내고 무척 기뻤다. 그들은 나무를 심고 나서 열매가 달리기 시작하면 3년 동안은 열매를 따먹지 않는다고 한다.

　땅에 떨어진 열매가 그대로 썩어 땅을 비옥하게 하도록 하는 것이다. 메마르고 척박한 땅에 사는 유대인들에게는 먹거리가 늘 부족하고 궁핍을 면키 어려웠을 텐데, 그들은 지속가능한 미래를 위해 오늘의 고통을 인내했던 것이다. 더욱이 나무에게도 매 7년마다 안식년을 두어, 7년째 되는 해에는 열매를 거두지 않았다고 하니 얼마나 놀라운 일인가.

과연 우리에게 이런 느긋한 삶의 지혜가 있는지. 속도와 효율을 중시하며 자본의 노예가 된 이들에게서 이런 지혜를 기대하는 건 우물에서 숭늉을 찾는 것과 다를 바 없을 것이다. 하지만 이런 느긋한 삶의 지혜를 복원하지 않는 한 우리에게 지속가능한 미래는 없다.

우리 주변에 있는 흔한 잡초 가운데 비단풀이란 식물이 있다. 땅바닥을 비단처럼 곱게 덮어서 그런 이름으로 불린다. 잡초를 뜯어 먹는 우리 식구들이 아끼는 풀. 암이나 치매, 감기 예방에 좋은 풀로 알려져 있다.

그런데 이 비단풀은 꽃이 너무 작아 나비나 벌들이 수정을 하지 못한다. 그럼 어떻게 수정을 할까? 놀랍게도 개미가 수정을 도와준다. 상생하는 것이 만물의 이치지만, 쬐고만 것이 쬐고만 것과 상생한다는 사실이 참 신비롭지 않은가.

어느 날 나는 이 비단풀을 찾아 마당에 쪼그리고 앉았다.

적자색의 꽃은 몸을 낮춰 자세히 들여다봐야 보일 정도로 작았다. 과연 꽃에는 잔 개미들이 붙어 꿀을 빨고 있었다. 하여간 그날 나는 내가 좋아하는 식물과 사귀기 위해 마치 절을 하듯 한껏 몸을 낮추었다.

몸을 낮추면 마음도 낮추게 된다. 나는 근년에 아내와 함께 잡초를 뜯어 먹으면서 몸과 마음을 낮추는 훈련을 해왔다. 이처럼 자기를 낮추는 것을 하심下心이라 하던가. '하심'이란 말을 겸손으로 바꾸어도 무방하다. 인간이 자기의 본연을 인식하는 마음이 곧 겸손이 아닌가. 살과 뼈와 피를 가진 유한한 존재가 결국은 한 줌 흙으로 돌아가리라는 것을 늘 자각하고 사는 마음 말이다.

몇 년 전, 여수에서 열린 세계도예전을 본 적이 있다. 세계적인 화가인 피카소의 도자기 작품도 전시되어 있었다. 새나 염소, 부엉이 따위의 그림이 도자기에 그려져 있었다. 전시회를 보고 돌아오며 생각했다. 도자기의 원재료가 무엇인가. 흙이다. 예술가들은 흙과 같은 자연을 소재로 한 예술을 통해서 무한을 추구한다. 즉 유한한 재료로 무한한 기쁨을 누리다가 유한으로 돌아가는 것이다. 따라서 진정한 예술가는 오만할 수 없다.

성서에서 바울은 말했다.

"너희 안에 이 마음을 품으라. 곧 그리스도 예수의 마음이니."

그럼 예수가 품은 마음이란 무엇인가. '하심'을 품고 살았다는 것. 하심이란 비굴이 아니다. 예수는 당시 최고 권력자 앞에서도 당당했다. 그는 가난하고 병들고 소외된 사람들을 하늘처럼 떠받들고 살았으나, 비뚤어진 권력자들의 오만을 깨뜨리는 언행을 서슴지 않았다. 따라서 하심은 비굴이 아니라 평등심, 즉 차별이 없는 마음이다.

오늘날 인간의 삶이 점차 황무지처럼 변하는 것은 '하심'을 잃어버렸기 때문이다. 우리가 하심을 지니고 살면 만물을 공경하게 된다. 무릇 하심을 간수한 사람에게는 풀 한 포기, 벌레 한 마리조차 신성한 생명인 것. 인류의 미래를 벼랑으로 몰아가는 생태환경 문제도 따지고 보면 우리가 '하심'을 잃어버렸기 때문이다. 따라서 늘 하심을 품고 사는 사람에게는 자비심의 강물이 흐른다.

방금 '흐른다'고 말했는데, 그렇다. 너와 나 사이에 자비심의 강을 '흐르게' 하는 일보다 더 중요한 게 무엇이 있겠는가.

우리가 고요히 명상에 잠기거나 기도하는 것도 너와 나 사이에 자비심의 강이 출렁출렁 흐르게 하기 위해서다. 너와 나 사이의 흐름이 단절되면 그것은 곧 죽음. 우리가 '하심'을 회복해야 한다고 말하는 것은, 만물과 나 사이의 단절에 다리를 놓아 자비심의 강이 흐르도록 하자는 말에 다름 아니다.

낮은 초여름 날씨지만, 밤은 아직 춥다. 저물녘이면 아궁이에 불을 지펴야 한다. 장작을 쪼개 아궁이에 불을 지피고 활활 타오르는 불길을 바라보며 하루를 돌아보곤 한다. 오늘 뭘 하고 지냈지? 아침에 일어나 먼저 요가로 몸을 풀고, 마당에 매여 있는 흰둥이가 눈 똥을 치우고, 오전에 들판으로 나가 서울 사는 친구에게 선물로 보낼 잡초—나는 잡초를 약초라 여긴다—를 뜯어 와 포장하여 우체국에 가 택배로 부치고, 오후엔 얼마 전 횡성에 있는 통나무학교에 가서 얻어온 땔나무를 전기톱으로 잘라 화방벽火防壁 아래 쌓고 나니 하루가 다 갔다.

그래, 하루가 잘 갔구나. 서생원인 내가 오늘은 책 한 줄 안 읽고 글 한 줄 안 썼으니, 오늘 하루 아무것도 하지 않은 셈인가. 개똥도 치우고 우체국도 다녀오고 나무를 자르며 땀을 뻘뻘 흘렸지만 그걸 노동으로 여기지는 않는다. 그 시간은 나에게 휴식의 시간이다.

오늘은 온종일 인터넷도 열지 않고 전화도 한 통 걸지 않았는데 참 잘한 것 같다. 하루를 지내는 동안 아무것도 하지 않았다고 생각하니 참으로 통쾌하다. 그리고 마음은 호수처럼 고요하다. 아궁이 불을 지피고 나서 방에 들어오니, 오래전 읽었던 시 한 수가 떠올라 책을 찾아 펼쳐들었다.

오늘 나는 아무것도 하지 않았다.
그러나 내 안에서는 많은 일들이 일어났다.

존재하지 않는 새들이
그들의 보금자리를 발견했다.
어디에나 있는 그림자가
그들의 본체에 닿았다.
존재하는 단어들이

그들의 정적을 다시 획득했다.

아무것도 하지 않는 것,
그것이 가끔 세상의 균형을 유지시켜준다.
어떤 중요한 것이
저울의 빈 접시에 올라감으로써.

-로베르토 후아로스, 〈열세 번째 수직선〉 중에서

나는 "오늘 나는 아무것도 하지 않았다"라는 이 시의 첫 구절을 참 좋아한다. 오늘 우리 시대는 뭔가를 해야 한다는 강박에 시달리게 만든다. '시간은 곧 돈'이라는 자본의 주문에 사로잡힌 이들은 아무것도 하지 않고 하루를 보내는 걸 몹시 두려워한다. 나처럼 아궁이 앞에 앉아 불을 들여다보며 한가로움을 누리는 것을 삐딱한 눈길로 보고 나태한 것이라며 죄악시하기까지 한다.

칼하인츠 가이슬러는 《시간》이란 책에서 "빠름만이 가치 있는 것으로 간주되는 곳에서 느림은 경시된다. 속도는 창조력이 될 뿐만 아니라 동시에 사회를 파괴하는 폭력이 된다. 우리 사회에 점점 가속이 붙으면서 세심함, 부드러움, 사려

깊음, 생각, 그리고 다른 많은 것들이 사라지고 있다"고 했다.

나는 오늘 아무것도 하지 않았지만, 내 삶에 아무 일도 일어나지 않은 것은 아니다. 느긋한 삶은 세상을 바라보는 내 시선을 깊게 해준다. 오전에 개똥을 치우고 나서 쪽마루에 걸터 앉았는데, 제비들이 뻔질나게 우리 집 처마 밑을 드나드는 모습이 보였다. 나는 제비들을 깊게 관찰했다.

제비 세 마리가 번갈아가며 처마 밑을 드나들었는데, 집 지을 터를 살피고 있는 것 같았다. 이미 작년에 지은 집이 있건만 그 집은 맘에 안 드는 모양이었다. 하여간 나는 집으로 날아든 제비들이 고맙고 반가웠다. 이 불임의 세상에 생명을 낳고자 분주하게 드나드는 제비들의 모습을 보며 설레기까지 했다. 제비들과의 조우는 사실 오늘 하루의 가장 놀라운 사건이었다.

존재하지 않는 새들이

그들의 보금자리를 발견했다.

어디에나 있는 그림자가

그들의 본체에 닿았다.

존재하는 단어들이

그들의 정적을 다시 획득했다.

시인은 '존재하지 않는 새들'이라고 하지만, 오늘 내가 조우한 제비들은 살아 있는 내 숨결처럼 생생한 존재들이었다. 물론 여기서 시인이 '존재하지 않는 새들'이라 말한 건 역설이다. 그것이 새든 무엇이든 사물의 부재 속에서 시간의 충만을 드러내고자 함이 아닐까. '존재하지 않는 새들'이 발견한 '보금자리'란 표현이 곧 그것이다. 보금자리란 살기에 편안하고 아늑한 곳을 말한다. 보금자리는 시인의 표현처럼 그림자의 '본체'이며, 사람들 입에 오르내리는 단어들의 '정적'이다.

사람 세상의 말들이 우리 존재를 얼마나 들뜨게 하고 시끄럽게 하는가. 제비들은 온종일 우리 집 처마 밑을 드나들며 재재재재 시끄럽게 하지만, 나는 그것을 소음으로 여기지 않았다. 그 소리는 나를 성스런 침묵으로 이끌었기 때문이다.

우리는 하루를 백지로 비워두고 아무것도 하지 않는 것을 상상할 수 있을까. 우리는 달력과 시간의 횡포에 쫓기며 하루하루를 살기 때문이다. 그렇게 쫓기면서 살아가는 여백 없는 삶은 '시간 도둑'에게 소중한 삶의 시간을 빼앗기는 일이다. 우리가 목표 없이 분주하게 살다 보면 영혼의 중심축을 잃어버린다.

아무것도 하지 않는 것,

그것이 가끔 세상의 균형을 유지시켜준다.

어떤 중요한 것이

저울의 빈 접시에 올라감으로써.

천지만물을 창조하신 하느님이 일곱째 날 하신 것은 '안식'이었다. 아브라함 요수아 헤셸은 《안식》이라는 책에서 '일곱째 날을 광산 같다'고 표현했다. 그 속에는 영의 보석이 있고, 인간은 하느님과 친해지고 하느님을 닮아가길 갈망한다고 적었다.

물론 우리는 유대인들처럼 강박적으로 안식일 준수에 얽매일 필요는 없다. 안식일의 참뜻이 무엇인지 알고 지내면 된다. 헤셸의 말처럼 우리는 분주하게 쫓기고 살면서 갈가리 찢어진 우리 삶을 수선하고, 인간의 존엄을 상실한 노동은 불행의 원인임을 자각하고, 제 정신을 잃어버린 휴식은 타락의 원천임을 깨달아야 한다. 바로 이때 우리는 '시간 속의 궁전을 지을 수 있는 영의 보석들'을 우리의 삶 속에 갈무리할 수 있을 것이다.

그 영의 보석들 가운데 나는 무엇보다 한가로움을 들고 싶다. 이 미친 듯이 앞으로 달리기만 하는 가속의 문명을 멈출 수 있는 것은 한가로움이라는 미덕의 회복밖에 없다. 《장자》에 보면 "소인한한小人閒閒 대인한한大人閒閒"이란 글귀가 있다. 풀어보자면, '소인은 나무 빗장을 걸어 닫고서 한가로움을 누리고, 대인은 달빛으로 빗장을 삼고 한가로움을 누린다'는 뜻이다. 나무빗장을 사용하는 소인은 바깥으로 걸어 닫고서야 평안해 하니 아직은 온전히 한가로움을 누리는 이라 할 수 없고, 무릇 달빛으로 빗장을 삼는 대인은 그가 세속에 있든 산속에 있든 어떠한 것에도 걸림이 없이 한가로움을 누린다는 말이다.

　나무빗장/달빛빗장으로 한가로움을 구분한 성인의 인식이 놀랍거니와, 한가로움을 아무나 누릴 수 있는 건 아닌 듯하다. 오죽하면 옛 사람이 한가로움은 하늘이 아끼는 것이기에 아무에게나 주지 않는다라고 했겠는가. 틀린 말은 아닌 것 같다. 많은 이들이 한가로움을 갈망하지만, 그래서 한적한 시골로 귀촌하는 이들이 늘어났지만, 그렇게 하고서도 이전에 쫓기며 살던 삶의 방식을 버리지 못하는 이들이 많다. 그래서 나는 매일같이 내 삶의 수레를 굴려갈 화두로 이 시구를 늘 가슴에 새기며 살려고 노력한다.

아무것도 하지 않는 것,

그것이 가끔 세상의 균형을 유지시켜준다.

제비들이 찾아오셨다

　올해도 제비들이 찾아오셨다. 우리 집 식구들은 귀인을 맞이하듯 제비들을 반겼다. 요즘 제비 구경하기가 어디 그리 쉽던가. 제비들이 우리 집 한옥에 찾아든 건 오월 초순. 제비들이 작년에 지은 집 주위를 맴돌기에 그 집을 재활용하려나 보다 했다. 그러나 옛집이 맘에 안 들었던지 흙과 지푸라기 같은 것들을 물어와 옛집 옆에 새 집을 짓기 시작했다. 드디어 일주일 만에 깔밋한 제비집이 완성되었다. 우리 집 식구들은 집짓기가 끝난 날 제비집 아래 모여 짝짝짝 박수를 쳐주었다.
　그렇게 입주를 마친 제비들은 지금까지 알을 품고 있다. 먹이를 사냥하기 위해 잠깐 집을 비울 때 빼고 암컷은 늘 둥지를 지킨다. 어느 날 밤중에 가만히 전등으로 제비 둥지를 비춰 보았더니, 암컷은 둥지 속에, 수컷은 암컷을 지키느라 그러는지 둥지 아래 박힌 긴 못 위에 앉아 있었다. 생명을 잉태하기 위한 제비 부부의 지극한 정성에 문득 눈시울이 뜨거워졌다. 그 후 우리 식구들은 해산 중인 제비 둥지 밑을 지날 땐 발소리조차 크게 내지 않으려 조심하곤 했다.

우리 식구들이 이처럼 제비들의 산파 역을 자처하는 건, 불임의 시대를 살기 때문이다. 주민의 90퍼센트 이상이 노인들인 마을에는 배부른 임산부도 찾아보기 어렵고 아기 우는 소리도 거의 들을 수 없다. 그래서 논밭에서 들리는 개구리 울음소리나 짝을 찾아 우는 숲의 새소리도 예사롭지 않아 흔감하게 된다. 생명의 회임은 너무도 당연한 것이다. 그러나 생명의 회임보다는 불임이 점차 늘어나고 있다. 아기 못 낳는 부부가 점점 늘어나고 있는 것이다. 지난해 23만여 쌍의 부부가 불임으로 고통받고 있다는 통계를 본 적이 있다. 인구 절벽 이야기가 자꾸 나오는데, 여러 가지 이유가 있겠지만, 불임도 인구 절벽에 한몫하는 셈이 아닌가.

불임의 원인은 무엇일까. 유전자조작 식품의 유해성을 경고하는 학자들은 젊은이들의 불임이 그것과 무관하지 않을 것이라고 말한다. 우리나라는 GMO 수입국 1위라는 불명예를 안고 있다. 현재 우리가 마트에서 사먹는 많은 식품들이 GMO 수입농산물로 만들어진 것들이다. 그러니까 불임으로 고통받는 부부들은 무려 지난 20여 년 동안 그런 유해한 식품을 먹어왔다. 유전자조작 농산물을 대량으로 생산하기 위해 농부들은 다른 모든 식물을 죽이는 제초제를 살포한다. 더 많은 재화를 얻기 위해 생명의 단절조차 서슴지 않는 것이다.

유전자조작 농산물이 아니더라도 우리가 먹는 많은 식재료는 생명을 죽이는 독극물인 제초제를 뿌리고 생산된 것들이 많다. 제초제는 빗물에도 잘 씻기지 않고 우리가 먹는 식재료 속에 스며든다. 오늘날 젊은이들의 불임은 이처럼 죽음의 기운을 머금은 농산물로 만든 식품과 무관치 않을 것이다. 숱한 암과 희귀성 질병 또한 이런 식품과 무관하지 않다는 것이 건강한 먹거리를 걱정하는 이들의 증언이다.

저물녘 산책을 나서 농로를 걷다 보면, 논밭가의 풀들이 샛노랗게 죽어가는 걸 보곤 한다. 섬짓하다. 제초제의 기습을 받은 생명들. 그렇게 죽음의 기운이 퍼져 변색된 풀들을 보노라면 몸과 마음이 한없이 무지근해진다.

눈앞의 이익에 급급해 지구생명을 핍박하는 것은 지속가능한 미래를 생각하지 못하는 상상력의 결핍이 아닐까. 농토의 오염은 먹거리의 오염으로 이어지고, 먹거리의 오염은 우리 몸의 질병과 생명의 단절로 이어지지 않던가.

이런저런 걱정에 신산스런 마음으로 대문을 들어서는데, 수돗가에서 저녁 찬거리를 씻던 아내가 낭랑한 목소리로 소리친다. "여보, 제비 새끼들이 드디어 알을 깨고 나온 모양이에요." 나도 울가망한 기분을 떨치며 맞장구를 친다. "어허, 경사 났군, 경사 났어!"

구부러진 길이 좋아

낡고 오래된 한옥에서 살려면 부지런해야 한다. 흙과 돌과 나무로 지은 한옥은 틈틈이 수리해주어야 제 모양을 간수할 수 있기 때문이다. 보잘것없는 넝마살림이지만 집수리는 크게 걱정이 없다. 흙과 돌과 나무는 돈을 주고 사지 않아도 주변에서 손쉽게 구할 수 있고, 노동은 내 몸으로 때우면 되기 때문이다.

식구들의 거처인 본채는 솔가하고 나서 꾸준히 수리를 해 제법 새뜻해졌다. 이제 대문과 이어진 사랑채가 내 손길을 기다리고 있다. 특히 사랑채 바깥벽이 화방벽으로 되어 있는데 여기저기 손상된 곳이 많아 수리를 미룰 수 없다.

내가 사는 시골에서도 화방벽이 있는 집은 거의 없다. 그래서 나는 화방벽을 무슨 문화재라도 되는 것처럼 소중히 여긴다. 화방벽은 건물 안에 불이 났을 때 그 불길이 다른 곳으로 번지는 것을 막기 위해 불에 잘 견디는 재료로 만든 벽을 말한다. 그러니까 볏짚으로 지붕을 이었던 시절에 화재를 막기 위해 벽 바깥에 돌과 흙을 이용해 쌓은 벽이다.

며칠 전 나는 진흙에 모래와 짚을 섞어 개어놓고, 돌과 돌 사이의 흙이 허물어져 손상된 틈을 메우기 시작했다. 혼자 하는 작업은 더뎠다.

시절은 봄인데 거의 초여름에 가까운 날씨라 금세 온몸이 땀에 젖었다. 그렇게 땀을 흘리며 일하고 있는데, 경로당 회장이 스쿠터를 타고 지나가다 흙범벅이 된 나를 보고 말했다.

"고 선상, 그렇게 사서 고생하지 말고 이젠 시멘트를 개어 발라버리시구려!"

내가 대꾸했다.

"회장님, 저는 이 화방벽이 좋아 잘 보존해 보려구요."

얼굴 생김이 초강초강한 경로당 회상은 내 대꾸가 맘에 안 들었던지 그냥 혀를 끌끌 차더니 부르릉 스쿠터를 몰고 가버리신다.

시골 노인들도 옛것에 대한 애착이 없다. 편리와 속도와 효율을 중시하는 자본의 힘에 굴복한 탓이다. 그들은 지금까지 자신들이 살아온 구부러진 삶의 방식을 견디지 못한다. 구부러진 길은 직선으로 펴야 하고, 집도 반듯하고 빠른 시간에 뚝딱뚝딱 지어야 한다. 속도전이 몸에 배어 이제 시골 사람들도 곡선보다는 직선을 선호한다. 10여 년 가까이 한옥살이를 하면서 터득한 건축 철학이 있다면, 서둘러 짓는 집은 결코 좋은 집이 아니라는 것이다.

산세나 지세를 존중해 자연스레 닦인 길을 좋아하는 나는 〈구부러진 길〉이라는 시를 쓴 적이 있다.

구부러진 길이 좋아

캄캄한 밤에는

뿔 달린

도깨비들도 더러 나타나니까

구부러진 길이 좋아

후미진 길 모롱이에 숨어

돈을 빼앗고

시를 선물하는

예쁜 도둑들도 더러 출몰하니까

구부러진 길이 좋아

저, 저승길은

되도록

천천히 천천히 가야 하니까

한나절 동안 진흙으로 화방벽을 수리했지만 절반밖에 하지 못했다. 이마의 땀을 닦으며 수리된 화방벽을 바라보니 흐뭇하다. 오늘은 그만하고 내일 마무리를 해야지. 성질 급한 아내가 보았으면 오늘 끝마치지 또 내일로 미루냐고 퉁아리를 하겠지만, 딱히 서두를 생각이 없다. 겨우내 육체노동을 안 하다가 몸을 쓰니 몹시 피곤했기 때문이다. 집수리도 그렇고 농사일도 무리하면 지속적으로 할 수 없다. 나름 터득한 지혜다.

나는 수돗가에서 대충 몸을 씻고 점심 먹을 준비를 한다. 풍물시장 다녀온다고 출타한 아내는 오늘도 늦을 모양이다.

나는 대문 앞의 텃밭으로 향한다. 작은 바구니를 들고 점심때 해먹을 국거리 풀을 뜯는다. 명아주로 끓인 된장국이 먹고 싶은데, 명아주는 아직 너무 어리다. 나는 냉이와 꽃다지, 개망초, 민들레, 달래 등을 뜯어다 된장국을 끓인다. 나는 잡초 된장국에 밥을 말아 먹으며 생각한다.

내가 씨 뿌려 기르지 않은, 하늘이 기르는 잡초는 때가 있다. 아무 때나 먹을 수 있는 게 아니다. 제철에만 먹을 수 있다. 오늘날 이 첨단문명의 미덕으로 사람들은 '느림'을 운위하지만, 느림은 그렇게 어려운 것이 아니다. 철에 따라 나는 식물을 먹기만 해도 느림의 미덕을 배울 수 있다. 구부러진 길을 좋아하는 내가 명아주가 자랄 때를 느긋한 맘으로 기다리듯이!

너와 나를 살리는 녹색의 시간

하늘엔 국경이 없다. 거침없이 날아온 중국발 스모그로 하늘이 온통 뿌옇다. 집 뒤의 삿갓봉우리도 보이지 않는다. 그러거나 말거나 나는 텃밭에 나가 오전 내내 어정거렸다. 땅이 완전히 풀려 이른 봄풀들이 연둣빛 고개를 쳐들고 '날 좀 보소! 날 좀 보소!' 부르는 듯 느껴졌기 때문이다. 꽃다지, 광대나물, 냉이, 개망초, 민들레 등 풀들이 내 발소리를 들었는지 저마다 색색의 꽃미소를 살랑거리고 있다.

그렇게 텃밭에서 어정거리고 있는데, 삐걱 대문이 열리며 아내가 곁으로 다가왔다. "오늘 이발하셔야죠?" 며칠 전부터 아내는 내 긴 머리에 시비를 건다. 나는 긴 머리가 좋은데, 아내는 짧고 단정한 머리를 선호한다. 새뜻한 성품의 아내는 뭐든 구중중한 걸 못 참는다. 성깔이 싱둥싱둥 살아 있던 젊을 때 같으면 그냥 냅두슈, 했겠지만 이젠 그런 걸로 다투지 않는다. 하여간 아내는 내 머리칼이든 뭐든 자기 존재의 일부로 여기는 것 같다.

나는 곧 고물 스쿠터를 끌고나와 부릉부릉 시동을 건다. 이발을 하려면 면소재지로 가야 하기 때문이다. 얼굴이 환해진 아내에게 손을 흔들어주고 이발소로 향한다. 납작한 슬레이트집, 드르륵― 나무문을 열면 담배 찌든 냄새와 '삶이 그대를 속일지라도'로 시작되는 푸시킨의 낡은 시 액자가 정겨운 예스런 이발소. 오늘 따라 손님이 없는 듯 백발의 이발사가 "어서 오쇼, 고 선상!" 하며 주름 가득한 미소로 반겨준다. 의자에 앉아 지그시 눈을 감고 재게재게 가위질하는 소리를 듣다 보면 50년 경력의 능숙한 솜씨가 전해져온다.

머리 손질이 끝나 돈을 지불하고 나오려는데, 문득 이발사가 벽시계를 쳐다보며 중얼거린다.

"어, 벌써 소중한 한나절이 다 갔네!"

그동안 이발하러 올 때마다 도인 같은 말로 놀라게 했던 이발사를 돌아보며 내가 큰 눈을 뜨자 한 말씀 더 보태신다.

"그렇잖아요? 다시 돌아올 수 없는 시간이잖아요."

집안이 가난해 초등학교 문턱도 못 넘어봤고, 평생 남의 머리만 만지고 살아온 이발소 주인, 늙어 백발이 성성해도 살아가는 지혜는 시들지도 않고 언제나 파릇파릇하다.

스쿠터를 타고 집으로 돌아오는 내내 이발소 주인의 말씀, '소중한 한나절이 다 갔네!'가 귓가에 쟁쟁거린다. 집에 도착하자 아내는 텃밭에 나와 땅을 호미로 파고 뭘 심느라 분주하다. 나를 보더니 해맑은 미소를 지으며 공치사를 늘어놓는다.

"거봐요, 내 말대로 하니까 십 년은 젊어 보이잖아요."

"그건 그렇고 뭘 하는 거예요?"

"차풀 씨를 뿌리고 있어요."

작년 늦가을에 받아둔 차풀 씨다.

"당신이 오늘은 군말 없이 내 비위를 맞춰줬으니, 이야기 선물 하나 줄게요."

그러면서 아내는 주저리주저리 이야기보따리를 풀어놓는다. 차풀이나 괭이밥은 저녁이 되면 잎을 오므리고 잠을 잔단다. 그런데 이렇게 잎을 오므리고 잠을 자는 식물들은 불면증을 해소하는 데 효과가 있다고.

"그게 사실이오? 거 참 신기하네."

우리 가족은 잡초 연구에 폭 빠져 있지만, 식물의 세계는 정말 알면 알수록 무궁무진이다. 나는 씨를 넣는 아내를 거들어 땅에 쪼그리고 앉아 차풀 씨를 뿌린다. 차풀 씨를 다 뿌린 뒤엔 쇠비름 씨도 뿌린다. 씨를 심는 시간이야말로 세상에서 무엇보다 소중한 시간이 아닌가. 모든 씨앗은 너와 나를 살리는 시간의 종자種子가 아니던가. 내 주변에는 토종 씨앗을 모으고 연구하는 아름다운 녹색 모임도 있다.

이마빡이 새파랄 땐 나도 몰랐다. 생명의 씨앗을 모으고, 그 씨앗을 땅에 넣느라 쪼그리고 앉아 땀 흘리는 일이 그렇게 소중한 일인 줄. 하지만 이제는 안다. 아무리 천대받고 괄시를 당해도 씨앗을 넣어 생명을 가꾸는 농사일이야말로 천하에 으뜸農者天下之大本이라는 것을. 까짓 내 머리야 길게 기르나 짧게 깎으나 백발이지만, 지구의 머리는 항상 푸르러야 함을.

우리 부부가 잡초요리에 대한 책을 낸 후, 가끔씩 잡초요리를 경험하고 싶다며 불쑥불쑥 '불편당(우리 집 당호)'을 찾는 분들이 있다. 평소 문을 열고 가객을 접대하는 일을 소중히 여겨온 우리는 그렇게 찾아오는 분들에게도 집 주변에 자라는 잡초를 뜯어 소박한 밥상을 차려드리곤 했다.

얼마 전에도 잡초에 깊은 관심을 가진 두 가족이 찾아오셨다. 부부들이었다. 한 가족은 부인이 젊어서 시각장애를 겪었다고 했다. 결혼 3년 만에 앞을 보지 못하게 되었는데, 무려 30년이 넘도록 눈먼 아내를 돌보는 곁님의 사랑이 극진해보였다. 우리는 그 부부의 사랑에 감동해 더 정성껏 잡초요리를 준비해 대접했다.

식사를 마친 후 차를 마시며 이런저런 이야기를 나누던 중에 아내가 무심코 잡초를 키울 밭이 더 있으면 좋겠다고 말했다. 잡초를 인류 미래식량의 대안으로 생각하는 우리는 집 앞 텃밭에 잡초를 키우는데, 텃밭이 너무 협소했기 때문이었다. 그렇지만 그냥 지나가는 말로 한 이야기였다.

그런데 아내 이야기를 진지하게 경청한 그분들이 잡초를 농사지을 만한 밭이 있으면 마련해주겠다고 하는 것이 아닌가. 말씀만 들어도 고맙다고 처음엔 사양했다. 농지 값이 너무 비쌌기 때문이다. 그러나 그분들은 기어이 우리로 하여금 마땅한 땅을 알아보게 한 후 곧 등기 절차까지 밟았다. 이렇게 하여 기적처럼 우리가 소원하던 땅이 마련되었다. 얼마나 각박한 세상인가. 그럼에도 자기 호주머니를 아낌없이 여는 이런 분들 때문에 세상은 여전히 살 만한 것이 아닐까.

땅은 그리 넓지 않다. 서생으로 살아온 우리 부부가 농사짓기에 딱 적당한 평수의 땅이다. 힘겨울 때도 잡초처럼 씩씩하게, 명랑하게 살기로 작정한 우리 부부의 뜻을 깊이 헤아려준 천사들이 눈물겹게 고마웠다.

새로운 땅이 생겼지만, 그러나 땅에 집착하지 않는다. 땅에 집착하는 건, 내가 땅에 속한 것이 아니라 부동산 투기꾼처럼 땅이 나에게 속해 있다고 여기기 때문이 아닌가. 물론 소유권이란 게 있지만, 소유권이 영원한 것이던가. 조금만 마음눈을 크게 열고 보면 지구 위의 땅들은 계속 소유자가 바뀐다. 아무리 땅이 많아 떵떵거리는 인간이라 할지라도 땅에 잠시 머물다 사라질 뿐이다.

　허균의 《한정록》에는 우리가 새겨둘 만한 이런 구절이 있다.

　"산에 사는 것은 좋은 일이지만 조금이라도 거기에 미련을 가지고 연연하면 사람이 많이 모이는 곳에 있는 것과 같고, 서화 감상이 고상한 일이지만 조금이라도 거기에 탐욕을 내면 서화 장사꾼이나 마찬가지다."

　나는 대자연을 삶의 스승으로 여기는데, 잡초 또한 그걸 일러준다. 지난해까지는 텃밭에 비름나물이 대세였다. 올해 들어 비름나물이 온통 뒤덮었던 땅을 명아주와 속속이풀과 엉겅퀴가 차지했다. 땅을 서로 차지하려는 풀들의 경쟁을 나는 바라볼 뿐 그 속내를 깊이 헤아리지 못한다. 내년에는 어떤 녀석들이 텃밭을 점령할지 나는 알지 못한다. 잡초요리를 즐기는 우리 부부는, 하늘이 우리에게 필요한 잡초를 주시리라

믿고 오로지 하늘에 순응할 뿐.

저물녘이었다. 텃밭에 엎드려 이제는 잎이 쇠어 먹을 수 없는 잡초를 낫으로 베고 있는데, 평소 뜸쑥한 뒷집 할머니가 입을 떼어 물으신다.

"잡초 농사지을 밭을 구입하셨다면서요?"

콧구멍만 한 시골 동네라 소문이 참 빠르다.

"우리 명의로 구입한 건 아니고요 농사지으라고 우리가 아는 분들이 사주신 거예요."

내 말을 듣고 나서 할머니는 다소 실망한 눈치다.

"그런데 소문은 고 선상네가 샀다고 났어요."

"아무렴 어때요. 우리가 농사짓는 동안은 우리 땅이죠."

진심이다. 하늘을 소유할 수 없듯이 누가 땅을 소유할 수 있단 말인가. 내 말뜻을 알아들은 할머니가 한 술 더 뜨신다.

"고 선상네는 진짜 부자네요."

나는 할머니에게 엄지를 척 세워 보인다.

"네, 부자 맞아요. 마을 논밭가의 잡초를 뜯어 먹으니, 우리 마을의 논밭도 다 우리 소유죠."

할머니는 어이가 없는 듯, 그러나 무슨 말인지 알겠다는 듯

벙긋 웃으며 고개를 크게 주억거리신다. 뉘엿뉘엿 지는 해가 분홍 뱀 꼬리만큼 서산에 걸렸다. 나는 불콰한 얼굴의 해님에게 다짐하듯 중얼거린다. 남은 생은, 자족하는 부자로 떵떵거리며 살겠다고!

새
에
게
는   개
       념
내   이
일   없
이   다
란

목숨붙이들과 더불어 사는 건 즐거움도 있으나 괴로움도
많다. 야옹야옹거리며 시도 때도 없이 돌담을 타 넘어오는 동
네 길고양이들. 측은한 맘이 들어 이따금 먹이를 챙겨줬더니
배가 고프면 방문 앞에 빚쟁이처럼 나타나 야옹 야오옹 울어
대며 보챈다. 올봄엔 처마에 제비가 들어 새끼를 까서 나갔는
데, 얼마 전 대문간 천장에 또 둥지를 짓고 알을 품었다. 둥지
아래 있는 쪽마루는 아침마다 하얀 제비똥으로 수북하다. 새
끼를 까서 나가려면 앞으로 한 달은 걸릴 터, 매일 똥 치우는
수고를 해야 한다.

오늘 아침 수돗가에서 걸레를 빨아 쪽마루에 싸놓은 제비 똥을 치우며 얼핏 드는 생각. 좀 괴롭고 힘들더라도 목숨붙이들과의 연은 소중히 이어가야지. 고양이든 개든 제비든 또는 사람이든, 우리의 생은 지구의 숱한 목숨붙이들과 알콩 달콩, 아웅다웅하며 지내다가 끝나는 것 아닌가. 폴란드 출신 시인의 명쾌한 시구가 전하고자 하는 것도 바로 이것이 아닐까.

두 번은 없다. 지금도 그렇고
앞으로도 그럴 것이다. 그러므로 우리는
아무런 연습 없이 태어나서
아무런 훈련 없이 죽는다.

우리가, 세상이란 이름의 학교에서
가장 바보 같은 학생일지라도
여름에도 겨울에도
낙제는 없는 법.

반복되는 하루는 단 한 번도 없다.

두 번의 똑같은 밤도 없고

두 번의 한결같은 입맞춤도 없고

두 번의 동일한 눈빛도 없다.

– 비스와바 쉼보르스카, <두 번은 없다> 중에서

두 번은 없다. 그렇다. 모든 생은 유일회적이다. 내가 어여쁘한 고양이나 제비의 생도 마찬가지. 올해 만난 고양이나 제비를 내년에 또 만날 수 있겠는가. 모든 존재는 변화를 피할 수 없다. 고대인도어에서는 '세상Jagat'을 '변화한다'는 뜻으로 푼다. 중세 수도승 마이스터 에크하르트도 "모든 피조물에는 변화의 낙인이 찍혀 있다"고 갈파했다.

자기보존의 욕망을 지닌 인간은 오래 살고 싶어 하고, 심지어 영원히 살 수 있기를 갈구한다. 그러나 세상의 어떤 존재도 영원히 살 수는 없는 법. 옛날 노예의 등짝에 화인이 찍혀 있듯이 모든 피조물의 등짝엔 변화의 낙인이 쾅! 찍혀 있다는 것. 변화의 낙인? 사자성어로 말하자면 '생로병사'란 말로 요약할 수 있으렷다.

아무런 연습 없이 태어나서
아무런 훈련 없이 죽는다.

　세상에 출생을 미리 연습하고 태어난 존재는 없다. 산천초목이나 동물들도 그렇고 사람 또한 다르지 않다. 죽는 것 또한 마찬가지. 미리 죽는 것을 훈련하고 죽는 존재는 없다. 요컨대 모든 생명은 자기 의지와는 상관없이 태어나서 대부분 훈련은커녕 대책 없이 죽는다. 길고양이나 개들은 길에서 느닷없이 죽기도 하고, 사람 또한 길 위에서 교통사고 같은 것을 당해 객사하기도 하지. 교통수단의 발달로 옛날보다 이동이 잦아진 요즘 자기 집에서 죽는 이들보다는 객사하는 이들이 훨씬 더 많다. 집에서 죽든 길에서 죽든, 죽음은 똑같은 것이지만, 객사란 말에서는 왜 더 큰 슬픔이 느껴질까.

반복되는 하루는 단 한 번도 없다.
두 번의 똑같은 밤도 없고
두 번의 한결같은 입맞춤도 없고
두 번의 동일한 눈빛도 없다.

그렇다. 어제와 오늘이 다른 것 같지 않지만, '반복되는 하루는 단 한 번도 없다'. 똑같은 장소에서 사진을 찍어보라. 같은 장소에서 같은 피사체를 찍어도 사진은 결코 똑같이 나오지 않는 법. 똑같은 햇빛도 없고, 똑같은 날씨도 없으며, 사진가의 눈빛과 감정도 똑같을 수 없기 때문이 아니겠는가. 사랑하는 연인들의 입맞춤 또한 그렇다. 같은 연인이지만, '두 번의 한결같은 입맞춤도 없다'.

어떤 영적 스승이 있었는데, 그는 자연에 거룩함이 깃들어 있는 모습을 보여주기를 좋아했다. 한 번은 제자들과 함께 뜰에 앉아 있던 스승이 앞에 있는 나무를 가리키며 갑자기 탄성을 질렀다.

"저기 저 나뭇가지에 앉은 저 파란 새 좀 보아라. 아래로 위로 팔딱팔딱 예쁜 가락으로 세상을 가득 채우면서 그저 한량없이 즐겁기만 하지 않느냐. 왜 그런지 아느냐?"

제자들은 스승의 물음에 아무 대꾸도 하지 못했다. 그러자 스승이 스스로 입을 떼어 말했다.

"저 새한테는 내일이라는 개념이 없거든."

그렇다. 시인이 '반복되는 하루는 단 한 번도 없다'고 말할 수 있는 것은 그가 새들처럼 '내일'이라는 개념을 여의었기 때문이 아닐까.

　며칠 전에는 무더위를 피해 가까운 골짜기로 들어가 시원한 개울물에 발을 담그고 탁족을 하고 있었다. 마침 엿가락처럼 늘어졌다 줄어들고 줄어들었다 늘어지는 뻐꾸기 소리가 앞산 자락에서 한가롭게 들려왔다. 지그시 눈을 감고 노랫소리에 젖어 있는데, 과거와 미래가 '현재'라는 한 가락에 담겨 푸르르게 메아리치고 있다는 생각이 문득 들었다. 그러나 '현재'라는 가락을 호흡한다고 해도 우리 심장이 살아서 뛰는 한 불안과 두려움에서 벗어나는 건 쉽지 않은 일.

　'힘겨운 나날들'을 살며 불안을 양식 삼아 살아가는 우리들이지만, 시인처럼 존재하다 사라질 것을 자각하고, 또 사라짐의 운명을 받아들이고, 그것을 아름답다고 여길 수 있다면 우리는 삶의 평온을 누릴 수 있으리라. 이미 고인이 된 스티브 잡스. 그가 컴퓨터와 영화, 음악, 통신에서 엄청난 혁명을 일으킨 사람이라는 건 누구나 다 안다. 그렇다면 이렇게 엄청난 업석을 남기고 간 그의 삶의 핵심은 무얼까?

　어떤 기자가 스티브 잡스에게 물었다.

　"여러 가지 일에 계속 도전하는 당신의 최종 목표는 무엇입니까?"

스티브 잡스가 대답했다.

"나에게 종착역은 중요하지 않아요. 여행 도중에 얼마나 즐겁게 일을 해나가느냐가 더 중요하죠."

오늘 우리는 세속적인 성공에 너무 집착한다. 그 목표를 이루기 위해서라면 현재의 삶은 희생되어도 좋다고 여긴다. 이것은 우리가 이 지구별 위를 잠깐 여행하는 중이라는 사실을 잊고 살기 때문이 아닐까.

스티브 잡스는 '지금 이 순간'을 소중히 여길 때 비소로 과거가 빛을 발하며 미래가 충실해진다고 말한다. 왜 아니겠는가. 생에 대한 우리의 사랑과 열정, 그리고 희망은 지금 이 순간을 생의 마지막처럼 여기고 소중히 품을 때 쑥쑥 자라나는 법.

문득 어느 시인의 '꽃 시간'이란 상큼한 표현이 떠오른다. 꽃 시간, 그것은 지금 이 순간을 가리키는 것이리. 어떤 목표에만 매달려 질주하는 사람은 차창 밖에 스쳐 사라지는 풍경처럼 자신의 소중한 꽃 시간을 다 놓쳐버리고 말 것이다. 우리는 비록 '두 개의 물방울처럼 서로 다르지'만, 우리가 자기 생의 꽃 시간 속으로 자주 들어간다면, 하느님이 우리에게 선물로 허락하신 풍요로운 삶을 놓치지 않으리.

그
대
가
　　내
있　가
　어
　　있
　　다

시인 괴테는 우리가 구하는 것이 가장 지고하고 가장 위대한 것이라면 '식물들이 인도해줄 것'이라고 했다. 이게 무슨 귀신 씻나락 까먹는 소리인가. 식물 속에 인간과 소통할 수 있는 정령이라도 깃들어 있다는 말인가. 모든 것을 이성적이고 합리적으로 이해하려 했던 젊은 날 나는 이런 괴테의 말을 수긍할 수 없었다.

하지만 이제 나는 괴테의 말에 깊이 공감하게 되었다. 잡초를 뜯어 먹고 사는 우리 가속은 잡초의 생태에 대해 매우 민감한데, 어느 날 잡초를 한 바구니 뜯어온 아내가 말했다.

"여보, 우리 집이 너무 습해서 제 무릎 관절이 자주 아픈데, 놀랍게도 습기로 인해 생긴 병을 치료해주는 풀들이 집 안에 많아 자라요."

사실 우리 집 뒤란에는 물이 나는 샘이 있어 집안이 늘 습한 편이다. 그런데 집 주위에 관절 병에 좋은 우슬초가 자라고 있는 것이다. 얼마나 놀랍고 경이로운 일인가.

언젠가 나는 북아메리카에 살던 이로쿼이족 인디언에 관한 《식물의 잃어버린 언어》라는 책을 읽은 적이 있는데, 그들은 말 없는 식물과도 교감하고 소통하는 영적인 지혜를 지니고 있었다. 사람이 병이 들면 그 병을 치유하는 데 필요한 식물이 나타나서 환자가 그 식물을 발견하도록 도와준다는 것이다.

그러고 보니, 우리 집안엔 폐 건강이 부실한 나를 위해 곰보배추가 자라고, 관절과 뼈가 부실한 아내와 딸에게 필요한 우슬초나 새삼 같은 풀이 자라고 있다.

몇 년 전 인도 북부의 오지 라다크를 여행한 적이 있다. 해발 3000미터가 넘는 라다크에는 살구나무가 많았다. 다른 과실나무는 찾아볼 수 없었다. 8월 초순이었는데, 워낙 건조해서 입술이 자주 마르고 텄다. 어느 시골 마을로 들어갔는데, 맘씨 좋아 보이는 촌로村老가 자기 집 안에 있는 살구나무에서 잘 익은 살구를 한 바구니 따서 건네주었다. 살구를 먹고 났더니 신기하게도 부르트던 입술이 금세 호전되었다.

그때 나는 깨달았다. 참 조물주의 섭리가 오묘하구나. 건조한 기후로 인해 피부가 상할 걸 염려해 조물주는 척박한 땅 라다크에 살구나무를 자라게 하셨구나! 입이 없는 식물은 말을 하지 않지만 말이 없는 식물의 언어를 알아들을 수 있다면, 우리 인간의 삶이 더 풍성해지지 않겠는가.

그렇다면 우리는 식물을 인간의 쓸모에 소용되는 부수적인 존재가 아니라 지친 친구처럼 여겨야 할 것이다. 우리는 식물이 없으면 살 수 없다. 우리가 텃밭이나 들판에서 먹을 수 있는 식물을 구하든, 마트에 가서 돈을 내고 사서 먹든, 식물은 우리 생존의 필수적 요소다. 그러나 인간중심주의에 길든 우리는 식물을 벗으로 사귀지 않는다. 오늘날 우리가 숱한 질병에 시달리는 것은 우리와 함께 진화해온 식물의 치유의 힘을 멀리하기 때문이 아닐까.

인도의 산스크리트어 격언에는 '그대가 있어 내가 있다So Hum'는 말이 있다. 내가 있어 식물이 있는 게 아니라 식물이 있어 비로소 내가 존재할 수 있다는 것. 다시 말하면 지구 어머니가 있어 내가 있고, 식물 같은 그대가 있어 내가 있으며,

물질이 있어 내 영혼이 존재한다는 것.

우리에겐 이런 만물의 상호관계성에 대한 깊은 인식이 필요한 때다. 오늘날 생태적 종말의 징후가 급격한 기후변화나 조류독감 같은 전염병의 창궐로 나타나는 시절, 이런 인식의 전환만이 새로운 희망을 싹틔울 수 있을 것이다.

두
더
지
와

도
도
새

길고양이는 오늘도 어린 새끼들까지 거느리고 살금살금 돌담을 넘어온다. 천하양숙인 흰둥이가 월담하는 놈들을 보고 사정없이 짖어대지만, 영악한 고양이들은 흰둥이가 쇠줄에 묶인 줄 아는지 개의치 않는다.

새끼에게 젖을 먹이느라 비쩍 마른 길고양이를 보면 측은지심이 이는지 아내는 녀석들이 올 때마다 먹을 것을 넉넉하게 챙겨주곤 했다. 잘 챙겨주니 고마움의 표시였을까. 어느 날은 털도 덜난 어린 쥐를 잡아다 방문 앞에 놓기도 하고, 어제는 큰 두더지를 뒤란 처마 밑에 잡아다 놓았더라. 어릴 땐 흔하게 보았던 두더지. 당시 농사를 짓던 아버지에게 두더지는 골칫덩이였다. 사방 밭을 파헤쳐 농작물들을 죽게 하니까! 요즘 농부들도 논두렁에 구멍을 뚫어놓아 논물을 줄줄 새게 하는 두더지를 싫어하는 건 마찬가지. 앞다리의 발가락에 삽 모양의 넓은 발톱이 있는 두더지, 땅을 파기에 안성맞춤으로 보인다. 땅속에서 땅굴을 만들어 생활하고, 땅속의 지렁이나 곤충의 유충을 먹고 사는 두더지는 농작물이나 나무뿌리에 피해를 입히기도 하지만, 땅속을 헤집고 다니며 토양을 섞어 놓아 토양에 신선한 공기를 공급하며, 유해한 동물을 잡아먹는 이로운 역할도 한다.

나는 처마 밑 뜨락에 고양이가 잡아다 놓은 죽은 두더지를 보자 욕부터 튀어나왔다. "고얀 놈들! 누가 고마워할 줄 알고? 다시는 먹이를 챙겨주나 봐라!" 나는 두더지를 뒤란의 자두나무 밑에 땅을 파고 고이 묻어주었다.

나이가 들며 마음이 더 여려지는 것일까. 미물이라도 살아 있는 것들이 죽어가는 것을 보는 일은 괴롭다. 어제는 나물을 뜯으러 숲에 들었다가 알 수 없는 벌레에게 쏘여 손등이 퉁퉁 부었지만 벌레를 미워하는 마음은 없었다. 대자연의 혜택을 누리는 것에 비하면 그 정도야 견딜 만한 아픔이 아닌가.

그런데 대자연 속에는 아픈 상처를 치료할 약도 있더라. 손등이 퉁퉁 부어오르고 욱신거리기에 얼른 쇠비름과 머위 잎을 뜯어다 찧어 상처에 붙였더니, 곧 부기도 빠지고 아픔도 잦아들더라. 지구 위에서 얻은 병은 지구 위에 반드시 약이 있다는 옛 사람들의 이야기가 괜한 이야기가 아니더라.

널리 알려져 있지만, 다시 한 번 곱씹고 싶은 이야기. 인도양의 모리셔스Mauritius섬에 서식했다던 도도새 이야기다. 그 섬에는 포유류가 없었고 아주 다양한 종의 조류들이 울창한 숲에서 서식하고 있었다. 도도새는 매우 오랫동안 아무 방해없이 살았고, 하늘을 날아야 할 필요가 없어져 비상하는 능력을 잃어버렸다.

1505년 포르투길인들이 최초로 섬에 발을 들여놓게 되었는데, 무게가 50파운드나 나가는 도도새는 신선한 고기를 원하는 선원들에게 매우 좋은 사냥감이었다. 그렇게 그 섬에 인간이 발을 들여놓은 지 100여 년 만에 많은 수를 자랑하던 도도새는 희귀종이 되어버렸으며 1681년에 마지막 새가 죽임을 당했다.

도도새가 사라지자 카바리아나무도 사라졌다. 카바리아나무의 씨앗은 도도새가 먹고 똥으로 배설된 뒤에야 번식이 가능했던 것. 이처럼 도도새와 카바리아나무는 떼려야 뗄 수 없는 공생관계였던 것. 결국 인간의 욕심과 무지 때문에 도도새와 카바리아나무, 그리고 그들과 함께 했던 원주민들의 삶도 끝장나고 말았다.

중국의 작가 선푸위(申賦漁)는 《내 이름은 도도》라는 그림 에세이에서 생물의 멸종을 안타까워하며 말했다. "생태계는 복잡한 사슬로 연결되어 있다. 그중 고리 하나만 사라져도 사슬 전체가 끊어져 연쇄적 재난이 일어날 수밖에 없다. 하지만 인류는 이 사실에 너무도 무지했다."

무릇 생명 있는 것들은 다른 생명을 먹어야 살 수 있다. 하지만 먹어도 너무 먹어대는 인간 같은 포식자들 때문에 지구 생명이 위태롭다. 먹을 것을 챙겨주느라 애썼건만 먹지도 않을 두더지를 잡아다 놓은 길고양이들도 지구 위의 가장 위험한 포식자 곁에 빌붙어 살며 포식자를 닮아가는 것일까. 고얀 놈들!

물론 본능에 따라 움직이는 녀석들의 행태를 모르지는 않는다. 고얀 놈이라고 욕을 퍼부었지만, 또 녀석들이 담을 넘어와 배고프다고 야옹 야옹거리면, 마음이 약해 먹이를 챙겨주지 않을 수 없겠지. 하지만 녀석들아, 고마움 따위를 표시하지 않아도 되니 제발 살아 있는 것들을 잡아다 놓지는 말기를!

생명을 살리는 물건, 요강을 타자

뉘엿뉘엿 저녁놀이 물드는 황혼 녘, 산책을 다녀오는 길에 쑥부쟁이 한 다발을 꺾어왔다. 늦여름에 수술을 하고 집에 돌아와 자기 몸을 보살피는 아내에게 꺾어온 꽃을 쑥 내밀었다. 아직 병색이 덜 가신 아내 얼굴이 꽃처럼 환해졌다. "어머, 고마워요!" 저녁 식사 시간이 되어 거실로 들어가니, 창가의 탁자 위에 연보랏빛 꽃이 흐드러져 있었다. 그런데 꽃을 담아놓은 용기를 보니, 화병이 아니고 요강이다.

"아니, 요강에 꽃을?"

쑥부쟁이를 담아놓은 요강은 아내 생일에 내가 선물한 나무요강이다. 풍물시장 골동품가게에서 헐값에 샀다. 옛날 귀부인들이 가마를 타고 다닐 때 쓰던 거라고, 골동품가게 주인은 너스레를 떨었지만, 난 그게 그렇게 오래된 진짜 골동품이 아니고 재현품이란 걸 알고 있었다. 아내는 그동안 그 나무요강을 화수분처럼 마루 구석에 모셔두었는데, 오늘 거기 처음으로 꽃을 담았다.

"당신 미적 감각은 정말 놀라워… 요강에 꽃을 꽂을 생각을 하다니!"

사실 우리 집엔 나무요강 말고도 요강이 세 개나 된다. 몇 년 전 돌아가신 어머니가 쓰시던 요강, 아내와 딸이 함께 쓰는 요강, 그리고 내가 쓰는 요강! 십여 년 전 지금의 전통한옥으로 솔가하고 보니, 변소가 바깥에 있어 너무 불편했다. 당호를 불편당不便堂으로 짓고 불편도 불행도 즐기자고 굳게 마음먹었지만, 추운 겨울 한밤중에 내복바람으로 변소를 다녀오면 온몸이 얼어붙었다.

"여보, 안 되겠어요. 요강 좀 구해봐요."

나는 곧 가까운 고물상을 순례하듯 돌며 요강을 몇 개 구해왔다. 한 번도 요강을 써보지 않은 딸도 반색을 하며 그날 밤부터 요강을 타기(!) 시작했다.

요강을 타고 나서부터 식구들의 정도 새록새록 더 불어나더라. 한 요강에 오줌을 누면 서로의 몸 냄새도 자연스레 맡게 되니까. 더욱이 요강을 쓰면 자신의 건강 상태도 저절로 돌아보게 되더라. 내가 눈 오줌의 색깔을 보고 그 냄새도 맡게 되니까. 탁한 음식을 먹은 날은 영락없이 오줌의 색깔도 거무죽죽하고 악취를 풍겼다.

아, 그래, 내 몸에 함부로 뭘 집어넣으면 안 되겠구나! 정갈한 음식을 가려 먹어야겠구나! 요강을 사용하고부터 자연스레 내 내면을 돌아보게 되었다. 자연 그 자체인 몸은 정직하다. 먹는 것이 곧 내 몸이 된다. 한의학자이기도 한 도올 김용옥 선생은 말했다. 아름다운 똥이야말로 몸이라는 우주의 가장 아름다운 자연의 모습이라고.

그렇다. 문명의 조작을 덜 가한 정갈한 음식을 먹으면 오줌 색깔도 맑고 탁한 냄새가 나지 않는다. 잡초를 뜯어 천연의 밥상을 자주 차려먹는 우리 식구들의 요강 속 오줌은 산골짝 옹달샘에서 솟는 물처럼 청정하다. 도올의 표현을 빗대어 말하면, 맑은 오줌이야말로 몸이라는 우주의 가장 청정한 자연의 모습이다.

아침에 일어나 내가 제일 먼저 하는 일은 요강을 들고 텃밭으로 가는 일이다. 요즘 텃밭에서 한창 자라는 배추와 무에 거름을 주기 위해서! 찰랑찰랑거리는 요강을 신주단지처럼 조심스레 들고 텃밭으로 나가면 배추와 무가 자라는 밭고랑에 오줌을 쏟아붓는다. 비료 한 번 주지 않았지만, 오줌거름을 먹은 배추와 무는 싱싱하다. 꼬물꼬물 기어다니며 배추와 무 잎을 파먹는 벌레들이 있으나 거름 기운이 좋으니 식물의 성장엔 전혀 지장이 없다.

사실 내가 먹을 식물에 내 몸에서 나온 배설물을 주는 것은 매우 자연스런 일이다. 비료가 나오기 전 우리 조상들의 농법이 그랬다. 밥이 똥이 되고, 똥이 밥이 되는 이치를 훤히 꿰뚫고 있었으니까.

기억이 어렴풋하지만 어떤 시인은 '똥이 밥으로 돌아가야 세상이 바로 선다'고 노래했다. 이런 시구는 대자연의 '아름다운 순환'을 말하는 것이 아니겠는가. 매일 요강을 써야 하는 불편을 즐기며 내가 새삼 깨달은 것도 바로 그것이다. 양변기의 편리를 누릴 땐 까맣게 몰랐던 것.

이 소중한 지면에 내가 요강 타령을 늘어놓는 보다 중요한 현실적 이유도 있다. 요강을 쓰자 물 절약도 엄청 되더라. 생각해보라. 당신이 양변기에 눈 오줌의 양에 비해 흘려보낸 물의 양은 수백 배가 될 것이다. 이렇게 얘기하면 아파트에 사는 이들은 '요강의 오줌을 어디에 버리지?' 하고 물을 것이다. 밤새 식구들이 눈 오줌을 나는 텃밭에 버리지만 아파트 사는 분들은 변기에 버리면 된다.

하여간 우리나라도 해가 갈수록 가뭄 현상이 심각해지고, 앞으로 물 부족으로 고통받게 될 게 뻔한데, 아주 쉬운 데서부터 물 절약을 실천해야 하지 않을까. 양변기로 흘려보내는 물만 절약해도 식수는 걱정하지 않아도 될 터.

그래서 이 지면을 빌어 제안한다. 모두 예쁜 요강 하나씩 마련해 요강을 타자고! 시장에는 요강 파는 곳이 없지만 온라인 매장에서는 아주 예쁜 사기 요강을 팔더라. 목단꽃이 그려진 그런 요강을! 작은 교회를 섬기는 나는 교우들에게도 요강을 쓰자고 자주 이야기하곤 한다. 그건 단지 이런 현실적 이유만은 아니다. 어떤 이가 말하는 '식탁과 변기의 순환적 동질성'이 절실하게 느껴지기 때문이다.

나는 지금도 아침마다 용변을 보고 나면 배설의 수고를 치른 항문 주위를 애무하듯 만지며 물로 씻어준다. 문명의 편리와 위생의식에 길든 우리는 손이 배설물에 닿는 것을 칠색 팔색을 하지만, 똥오줌이 과연 그렇게 더러운 것이던가.

우리가 발 딛고 사는 성스러운 어머니 대지는 그 더러움을 품어 우리에게 생명의 밥을 돌려주지 않던가. 배설은 자연이다. 배설의 자연을 거스르면 생명은 존재할 수 없다. 그것은 우리가 날숨을 버려야 들숨이 들어오는 이치와도 같다. 날숨을 버리지 않겠다고 고집 부리면 우리에게 돌아오는 것은 죽음뿐. 그러므로 숨이든 오줌이든 똥이든 배설은 중요하다. 어릴 적 송홧가루로 만든 다식을 잔뜩 먹고 똥을 누지 못해 죽도록 고생한 적이 있다.

오늘날 우리 사회가 이토록 변비에 걸린 듯 답답하고 정체된 것은 탐욕의 숟가락으로 큰 아가리에 떠 넣을 줄만 알았지 배설할 줄은 모르기 때문이 아니겠는가. 너나없이 탐욕의 사슬에 꽁꽁 묶여버린 오늘의 천민자본주의는 배설, 즉 버림의 미덕을 모른다. 오죽하면 마이스터 에크하르트 같은 수도승이 버림을 '모든 덕 가운데 가장 뛰어난 덕'이라고 했겠는가. "왜냐하면 그것은 영혼을 정화하고, 양심을 깨끗하게 씻어주며, 마음을 불태우고, 영을 깨우고, 소망에 생기를 주고, 하느님을 알려주기 때문이다."

오늘 아침에도 나는 찰랑거리는 요강을 들고 대문 밖에 있는 텃밭으로 나갔다. 영롱한 이슬이 맺힌 배추밭 고랑에 오줌을 쏟아붓고 돌아서는데, 앞집의 박씨 할머니가 경로당으로 향하던 발길을 멈추고 호동그랗게 눈을 뜨고 묻는다.

"아니, 고 선상네는 아직도 요강을 써요?"

"네, 우린 변소가 밖에 있잖아요. 그리고 요강을 쓰면 배추밭에 거름도 줄 수 있고…."

박씨 할머니는 내가 들고 있는 요강을 물끄러미 쳐다본다.

"우리도 다시 요강을 마련해야겠어요."

양옥에 사시는 박씨 할머니가 이렇게 얘기한 것은 당신 남편이 치매를 앓고 계시기 때문인지도 모른다. 치매가 점점 심해지는 박씨 할머니의 남편은 용변이 마렵다고 하여 화장실로 데리다 보면 자주 똥오줌을 싼다고 한다.

어디 이 할아버지뿐이겠는가. 치매, 오늘 우리는 밥과 똥, 들숨과 날숨의 아름다운 순환을 망각하고 산다. 배설과 버림과 비움의 미덕을 잊고 산다. 이것은 기우뚱, 균형을 잃어버린, 심각한 영적 치매현상이 아닌가.

아
날
로
그
식

생
존
법

 여보! 아침부터 아내의 목소리가 날카롭다. 늦잠을 자다가
나온 나는 무슨 일이냐고 물었더니, 물이 나오지 않는단다.
산골짜기에 자리 잡은 우리 마을은 산 밑에 관정을 뚫어 마을
자체적으로 상수도를 설치해 물을 공급해왔다. 그동안 물 때
문에 걱정한 기억이 없다. 이장에게 전화를 걸어 물어보니 겨
울가뭄이 심해 단수를 하고 있단다. 갑자기 단수가 되자 쌀
씻을 물이나 설거지할 물도 없고, 당장 수세식 변소를 사용할
수도 없게 됐다. 나는 곧 읍내에 나가 급한 대로 식수 몇 병을
사왔다. 용변은 물이 나올 때까지 으슥한 뒤란의 텃밭에서 해

결하기로 했다.

읍내에서 물을 사 오면서 문득 얼마 전에 본 야구치 시노부 감독의 영화 〈서바이벌 패밀리〉가 떠올랐다. 어느 날 까닭을 알 수 없는 대규모 정전사태로 전기 공급이 멈추자 사람들은 대혼란에 빠진다. 도쿄에 사는 평범한 스즈키 가족도 처절한 생존 투쟁에 직면한 것. 전기가 끊기자 전기와 연결된 시스템과 기차, 자동차, 가스, 전자기기가 동시에 멈췄다. 당연히 회사와 학교에는 갈 수 없고, 식량도 고갈되고, 심지어 물도 마실 수 없다. 한순간에 문명의 편리함이 사라져버린 것.

"도쿄에 있으면 위험해!"

"물을 확보할 수 있는 산으로!"

결국 스즈키 가족은 도쿄를 탈출하기로 결단을 내린다. 아버지는 가족들을 이끌고 시골 바닷가에 있는 어머니의 고향에 갈 계획을 세운다. 힘들게 공항에 도착했지만 비행기가 뜨지 못한단다. 어렵사리 자전거를 구한 가족들은 긴 여정을 떠난다.

설상가상으로 커져가는 재난영화의 문법 속에서 '서바이벌 패밀리'가 당도한 곳은 어머니의 고향인 어촌 마을. 도시문명의 허술함을 풍자하면서 가족들이 난국을 헤쳐 나가는 과정을 보여주는 이 영화는 문명의 이기에 길들여진 현대인의 삶을 비판하는 것이 그 목적임을 보여준다.

첨단문명의 눈부심에 도취해 살아가고 있는 우리는 이 영화를 보면서 인류가 일군 문명의 토대가 얼마나 허약한 것인가를 실감할 수밖에 없다. 그런 일이 없기를 바라지만, 만일 전쟁이나 지진이나 핵폭발 같은 재난으로 전기가 끊기면 당장 우리의 생존은 위협을 받을 수밖에 없다. 자본주의 문명에 길든 우리는 돈만 있으면 모든 것이 문제 될 게 없다고 여기지만, 극한의 재난에 직면하면 돈보다 식량과 물 같은 것이 더 소중하다는 것을 깨닫게 된다.

영화에도 나오지만, 평소 아날로그식 삶을 훈련해온 한 가족은 자전거로 여행하며 엄청난 재난을 즐기고 있다. 그 가족은 대자연에서 먹을 것을 찾아내고 물을 얻는 방법을 알고 있었던 것. 대부분의 도시인들은 마트에서 돈을 주고 채소를 구해 먹을 줄은 알았지만, 산과 들에서 먹을 수 있는 식물을 구할 수는 없다. 왜? 어떤 풀이 먹을 수 있는 풀인지 알지 못하니까. 산이나 들에 있는 풀은 그냥 쓸모없는 잡초라고만 여기니까.

그래서 우리 가족은 몇 년 전부터 대자연에서 거저 얻을 수 있는 잡초를 뜯어 먹는 생활을 하고 있다. 이른바 아날로그식 생존법을 훈련하고 있는 것. 우리는 따로 농사를 짓지 않고 산과 들에서 자라는 풀들을 뜯어 먹으며, 그런 풀들을 먹을 수 있는 요리법도 개발해 보급하고 있다.

디지털 문명에 길들여진 사람들은 우리 가족의 그런 생활 방식을 이해하지 못할 것이다. 편리에 길들여진 현대인들은 불편과 느림을 견디지 못한다. 그러나 불편과 느림의 삶도 길들여지면 그럭저럭 견딜 만하다. 우리 가족은 물을 아끼려고 여러 해 전부터 요강을 사용하지만 전혀 불편을 느끼지 않는다. 지금도 원전 수십 기가 가동되는 우리 삶의 토대는 얼마나 위태위태한가.

3장
꽃들에겐 이분법이 없다

여
물
어
간
다
는

것

풀들이 사위어가는 산골 농로. 앞서 걷는 사람 기척에 포르
르 날아 벼 포기 사이로 숨는 메뚜기들. 낮은 산자락마다 소
담스레 피어난 노란 감국들. 농로에 저절로 떨어져 나뒹구는
작은 산밤들. 기력이 떨어진 촌로들인 양 붉은 내복을 입고
선선한 가을바람에 두 팔을 흔들어대는 허수아비들. 메뚜기
를 날리며 앞서 걷던 아내는 문득 성악가 김동규가 부른 〈시
월의 어느 멋진 날에〉를 흥얼거린다.

"창밖에 앉은 바람 한 점에도 사랑은 가득한걸~"

그래, 하늘은 맑고 푸른 가을날, 무슨 바람이 더 있겠는가.

어느 인디언 시인이 "죽기 좋은 날"이라고 했듯이 이 좋은 날 무슨 소원이 더 있겠는가. 메뚜기 떼 날리며 농로를 걷던 우리는 말라가는 풀들이 덮인 논둑에 털썩 주저앉았다. 눈앞엔 고개 숙인 벼 이삭을 품은 다락논이 펼쳐져 있다. 고개 숙인 벼 이삭을 바라보던 아내가 입을 뗀다.

"가을빛은 참 선한 것 같아요."

나도 입을 열어 대꾸한다.

"벼 잎들도 노랗게 물들고 있지만, 빳빳하던 벼 이삭이 익어 고개를 숙이고 있기 때문일 테죠."

아내가 다시 입을 뗀다.

"여물어가는 것들의 빛은 다 선한 느낌을 주는 것 같아요."

여물어가는 것들의 빛이라! 오, 이 여인이 두메의 아낙이 되어 자족을 노래하며 살더니 저 소멸의 빛을 '여물어가는 것들이 빛'으로 읽는 눈을 얻었구나. 옛사람 허균이 "강산과 풍월風月은 본래 일정한 주인이 없고 오직 한가로운 사람이 주인"이라 했거늘, 그 한가의 경지에 든 것일까.

하지만 두고 볼 일이다. 두메 아낙과 손잡고 사는 동안 숱하게 엎어지고 자빠지며 여기까지 왔으니. 다만 지 고개 숙인 벼 이삭이 보여주는 선한 빛을 안으로 잘 갈무리하고 살아야 한다는 다짐은 매일같이 하고 있다.

우리가 걷던 농로 옆으로는 논에 물을 대는 수로가 있다. 곧 벼를 수확할 논들은 물꼬를 다 틀어막았지만, 수로에는 콸콸콸 맑은 물이 세차게 흐른다. 벼를 자라게 하고 여물게 한 물. 한참 흐르는 물을 보고 있자니, 얼마 전에 읽은 생 텍쥐페리가 《인간의 대지》에서 한 말이 떠오른다. 그는 물이 귀한 사막에서 작은 오아시스를 발견하고 '네 은혜로 우리 안에는 말라붙었던 샘들이 다시 솟아난다'고 노래한다.

그렇다. 우리를 살게 하고, 말라붙었던 내면의 샘을 다시 솟아나게 하는 건 은혜다. 무릇 은혜란 내가 도모한다고 얻을 수 있는 것이 아니다. 은혜는 거저 주어지는 것. 이 생명 위기의 시대에 메뚜기들처럼 살아 있는 것들의 현존에 위안을 느끼는 것이야말로 은혜가 아닐 건가. 메뚜기, 감국, 산밤 등 내 노력과 수고 없이 내 곁에 있어 내 삶을 위로할 뿐만 아니라 내 삶을 풍요롭게 하는 것들 또한 하늘의 은혜가 아닐 건가.

은혜, 은총, 이런 말들은 이성적이고 합리적인 사고방식에 길들여진 현대인들에겐 낯설다. 나는 이런 말들을 종교적인 언어로 환원하고 싶지 않다. 하여간 이런 사고방식에 길든 이들은 더 이상 고개를 들고 하늘을 쳐다보지 않는다.

모름지기 인간이 잘 여물어간다는 건 생의 무한한 신비와 모름을 긍정하는 것이고, 눈앞에서 날아오르는 메뚜기 같은 미물의 생조차 경이로 받아들일 줄 아는 것이다. 메뚜기들이 내 앞에서 뛰어오르지 않으면 나의 현존도 불가능하니까. 노란 감국의 꽃향기를 흠향할 수 없다면 내 삶의 정원도 '사랑의 사막'으로 변하고 말 테니까.

나는 농로 끝자락에서 감국 몇 송이를 꺾어 아내에게 건넸다. 평소 같으면 왜 꺾었느냐고 퉁아리를 주었겠지만, 아내는 내가 내민 감국을 흔쾌히 받아 안았다. 아내는 힝힝 코를 벌려 감국의 은은한 향기부터 맡았다. 냄새에 민감한 아내는 감국에 코를 댄 후 '천국의 향기'라고 말했다. 천국, 하면 사람들은 피안을 떠올리기 일쑤시만, 천국을 인식하는 재료는 차안 에 있구나. 산골짝에서 아주 쉽게 구할 수 있는 감국, 그걸 보물인 양 안고 가는 저 환희에 찬 여인을 따라가면 나도 천국의 주인이 될 수 있을까.

피안 불교에서 말하는 깨달음의 세계.
　차안 나고 죽고 하는 고통이 있는 세계.

쪽마루에 앉아 줄기차게 내리는 장대비를 바라본다. 그렇게 오랫동안 비 한 방울 안 내려 속을 태우시더니 오늘에야 무량무량 낭비하시는 하늘 폭포수, 정말 흐벅지게도 쏟아지누나. 텃밭이며 마당의 풀들도 빗소리에 맞춰 덩실덩실 춤을 추고, 에라! 나도 오늘은 유유자적 쪽마루 위를 뒹굴며 빗소리나 들어야것다.

그렇게 뒹굴다 보니 문득 오래전에 본 한 영상이 떠올라 노트북을 들고 나와 영화 한 편을 띄운다. 이자크 디네센 원작의 〈바베트의 만찬〉. 몇 년 전에 보고 홀딱 반한 영화인데, 다시 보아도 좋구나.

무엇보다 나를 매혹시킨 건 주인공 바베트라는 여인. 프랑스에 살 때 어느 카페의 유명한 요리사였던 바베트는, 요리를 예술로 승화시킨 인물. 하지만 이제 노르웨이 시골 목사관의 부엌데기에 불과한 그녀는 청교도 정신으로 무장한 불모의 공동체를 여유로움과 나눔과 웃음이 번지는 공동체로 변모시킨다.

그 비결이 무엇이던가. 바베트는 어느 날 자기에게 찾아온 엄청난 복을 자기를 위해 사용하지 않고 타자를 위해 흔쾌히 쏟아붓는다. 낭비! 그렇다. 하지만 그건 거룩한 낭비. 그녀의 이런 행위는 값비싼 향유가 담긴 옥합을 깨어 스승 예수의 발에 쏟아붓고 머리털로 닦던 마리아를 연상시킨다. 1만 프랑이나 되는 복권 당첨금을 단 한 번의 만찬을 위해 다 쏟아부었으니 말이다.

절약과 금욕을 미덕으로 하는 청교도 정신에서 보면 엄청난 낭비가 아닐 수 없지만 바베트가 베푼 만찬으로 인해 침울하고 메말랐던 교회 공동체는 새로운 활기를 되찾는다.

그러나 영화에서 가장 뭉클했던 대목은 교회 지킴이를 자처하는 마티나 자매와 바베트의 대화 장면이다. 만찬을 위해 돈을 다 써버려 이제 돌아갈 곳이 없다고 말하자, 자매는 놀란 눈을 휘둥그레 뜨고 묻는다.

"우리를 위해 가진 돈을 다 쓰다니!"

바베트가 자매에게 대꾸한다.

"마님들을 위해서라구요? 아니에요. 저를 위해서였어요."

그리고 계속 말을 잇는다.

"저는 위대한 예술가예요…."

잠시 깊은 침묵이 흐른 뒤 마티나가 묻는다.

"그러면 이제 평생 가난하게 살려고?"

"가난하다구요? 아니에요. 전 절대로 가난하지 않아요. 저는 위대한 예술가니까요."

이런 예술 정신이 꿈틀대고 있었기에 바베트는 자기 소유를 아낌없이 쏟아부을 수 있었으리라. 그야말로 자기 안의 넘치는 부요富饒를 토해낸 것. 자기 속에 없는 것을 남에게 줄 수는 없다. 아무리 물질이 넉넉해도 그 마음이 인색하면 아무것도 내어주지 못하는 법. 영성가 매튜 폭스는 "삶의 예술 가운데 가장 충만한 예술은 자비가 넘치는 삶을 창출하는 예술"이라고 말했다.

내가 섬기는 교회 블로그 대문에 나는 이런 글귀를 짱박아

놓았다. '시와 꽃과 예술과 하느님을 낭비하자.'

그렇다. 지구별의 생태환경이 위태로워지는 이 시절에 물질은 자린고비처럼 아끼며 살아야겠지만, 우리 마음의 생태환경이 풍요로워지려면 '시와 꽃과 예술과 하느님' 같은 비물질을 흥청망청 낭비할 줄 알아야 하는 것 아닐까?

당신은 무엇을 잃었는가

어떤 수도자가 오랜 수련 끝에 큰 깨달음을 얻었다는 소문이 자자했다. 소문을 듣고 수도자가 머무는 수도원으로 사람들이 몰려들었다. 사람들은 그가 무언가 많이 얻었을 거라고 생각했다. 한 사람이 수도자에게 물었다.

"그래 당신은 무엇을 얻었습니까?"

수도자가 빙그레 웃으며 대답했다.

"나는 얻은 게 없소. 오히려 잃었소. 셀 수 없이 많이 잃었소."

수도자의 대답에 사람들이 의아해하며 다시 물었다.

"괜히 잘난 체하지 말고 솔직히 대답해주시오. 얻은 게 없고 도리어 잃었다니, 그게 무슨 말이오?"

"허허, 참. 그러면 내가 잃은 걸 얘기해보겠소. 나는 무지와 환영, 모든 욕망을 잃었소. 또 나는 불행, 무의미, 절망, 분노, 비난, 탐욕, 정욕, 시기나 질투, 이런 것들을 잃었소. 나는 가난하오, 당신들은 아직 부자지만! 이것이 내가 깨달음을 통해 얻은 선물이오!"

허태수 목사의 설교집《자기 포기》에 나오는 심오한 이야기다. 사람들은 종교가 소중하게 여기는 깨달음에 대해서 오해한다. 깨달음은 무언가 '얻는' 것이라고! 그러나 이 이야기 속의 수도자는 깨달음에 대해 '얻는' 것이 아니라 '잃는' 것이라고 일러준다. 왜 이런 오해가 생겨나는 것일까. 수도자가 갈파한 것처럼 우리의 무지와 환영, 욕망 때문이다.

오늘날 자본주의는 제도권 종교를 삼켜버렸다. 자본주의가 '돈'을 주인으로 섬기는 것처럼 종교도 신이 아니라 '돈'을 주인으로 섬긴다. 가난한 자가 복이 있다는 예수의 가르침을 소중하게 자기 삶으로 실천하는 기독교인은 드물다. 무언가 '얻고자' 하는 욕망에 삶의 에너지를 다 써버리기 때문에, 비움이나 버림이라는 종교적 미덕에 쓸 에너지가 없다.

신은 덧붙임을 통해서가 아니라 덜어냄을 통해서만 영혼

안에서 발견된다는데, 덜어냄의 미덕을 멀리해온 종교가 세상의 불의와 부정의에 대한 발언권을 행사하기는 어렵다. 최근 나라 살림을 말아먹은 범죄에 대해 당당하게 비판할 만한 도덕성을 지니고 있는가 묻는다면, 누가 떳떳하게 고개를 들고 대답할 수 있을까.

중세 수도승 마이스터 에크하르트는 '덜어냄의 미덕'에 대해 나무 조각을 예로 들며 말한다. 조각의 거장은 목재로 조상彫像을 만들 때 나무에다 상을 새겨 넣지 않고 오히려 상을 덮고 있는 껍질을 깎아낸다고. 그렇게 하면 그 속에 감추어진 것이 환히 빛난다고 한다.(매튜 폭스, 《마이스터 엑카르트 는 이렇게 말했다》참조)

그러니까 조각도 그렇고 종교도 그렇고 우리 삶을 살리는 이치가 욕망의 깎아냄에 있다는 것. 깨달음을 얻은 수도자의 말처럼 얻음이 아니라 잃음에 있다는 것. 종교인의 명찰을 가슴에 착용하고도 깎아냄이나 덜어냄이나 잃음의 가치를 모른

편집자 주 '마이스터 에크하르트'는 외래어 표기법을 따라 본문 내 단어를 통일하였으나, 매튜 폭스의 책 제목은 출간 도서의 표기법을 그대로 따라 '엑카르트'로 적용하였다.

다면, 아직 깨달음에서 멀다. 마이스터 에크하르트가 말한 것처럼, 우리가 얻음이 아니라 잃음의 가치에 눈뜰 때, 낙원의 문은 열리는 것이 아닐까.

우리 모두 눈을 감고 내면에 울려오는 음성을 들어보자. 나는 무엇을 잃었는가?

계
도

   높고 깊은 산 속 암자에서 하안거 를 끝낸 친구 스님이 찾
아오셨다. 반가운 인사를 나눈 뒤 마침 점심 때라 조용한 식
당으로 모시고 갔다. 조그만 방에 자리를 잡자마자, 스님은
더위를 참을 수 없는지 웃저고리를 훌쩍 벗어부쳤다.
   그 순간 스님의 허리춤에 뭔가 달랑달랑거렸다. 자세히 보
니, 헉! 은빛 단검이었다.

하안거 음력 4월 15일부터 7월 15일까지 승려들이 일정한 곳에 머무르며
수도하는 일.

"아니, 스님이 웬 단검을 차고 다니슈?"

놀란 내가 물었다. 스님은 단검을 쑥 뽑아 자기 가슴을 찌르는 시늉을 하며 대답했다.

"하하, 목사님 놀라셨구려! 스스로를 경계하자는 거죠. 겉모양은 수행자지만, 저도 나쁜 생각이 불끈거릴 때가 많거든요."

"아, 그러면 그게 계도誠刀인 셈이군요."

그날 나는 속세에 사는 내가 이런저런 꼬드김이 더 많으니, 계도야말로 내게 소용될 물건이라고 우겨 스님의 단검을 빼앗다시피 건네받았다. 그렇게 건네받은 계도를 나는 허리춤엔 못 차고 가방에 넣어가지고 다닌다. 그날의 강렬한 인상 때문에, 종교는 다르지만 나는 불가의 수행자들을 존경하는 마음으로 대하게 되었다.

그런데 불가의 수행자들도 모두 내 도반 같지는 않은 모양이다. 어느 날 서양에서 온 눈 푸른 스님이 한국 불교를 죽비로 내리쳤다. 물론 애정 어린 죽비일 것이다. 조심스럽지만, 한국 불교도 많은 내적 모순을 품고 있나 보다. 부처님의 종지宗旨보다는 돈에 눈먼 수행자가 많은 듯싶고, 진리의 길을 걷고 싶어 찾아오는 눈 푸른 수행자들에게 텃세도 없잖아 있는 듯싶고, 권력과 금력을 숭상하는 스님들의 가르침이 본령을 벗어나 기복신앙으로 치우지는 현상도 비일비재한 모양이다.

사실 남의 집안을 향해 이러쿵저러쿵 구시렁거릴 것도 없다. 내가 속한 집안도 크게 다르지 않으니까. 세상의 빛과 소금이 되라는 예수님의 가르침보다는 번쩍이는 금화에 더 애면글면하고, 순수한 교우들의 기도와 땀으로 세워진 교회를 자식에게 대물림하고, 사사로운 이윤만 추구하는 악덕기업처럼 교회 재산을 사사로이 탐닉하는 성직자들의 비윤리적인 행태 따위는 일일이 열거하기도 부끄러울 정도니까.

눈 푸른 수행자의 죽비소리가 더 큰 울림으로 다가오는 까닭이다. 나라 사이의 경계도 희미해진 세상에서 내 사사로운 이익을 취하기 위해 종파, 교파, 이념, 국적 따위로 패거리를 짓는 행위는 종교의 대의에서 볼 때 얼마나 가소로운 짓인가. 그래서 중세의 한 수도승은 "하느님의 형상으로 지음 받은 사람은 하느님과 한 핏줄이자 한 씨"라고 갈파했다.

어떤 가문, 어떤 종족, 어떤 종파, 어떤 교파, 어떤 국적 같은 것보다 '하느님과 한 핏줄이자 한 씨'라는 것이 우리가 지켜야 할 더 소중한 가치라는 것. 종교의 타락은 우리가 이런 존재의 대의를 상실했던 때 비롯되지 않던가.

나 역시 세속에 살며 숱한 유혹에 끌려 갈근거릴 때가 있다. 그럴 때마다 친구 스님이 나에게 건네준 칼을 가방에서 꺼내 그 시퍼런 날을 천천히 쓰다듬어보곤 한다. 스스로를 경계했다던 그 계도를!

꽃들에겐 이 분법이 없다

1520년경 스페인은 당시까지 인간 세상에서 격리되어 있던 멕시코를 침략했다. 그곳에 살던 원주민들은 스스로를 아즈텍인이라 불렀다. 이 낯선 이방인들은 어떤 노란 금속에 극도의 관심을 나타냈다. 아즈텍 원주민들 역시 노란 금속, 즉 황금에 대해 모르지 않았다. 황금은 빛이 아름답고 가공하기 쉬워서 그것으로 장신구나 조각상 같은 것을 만들었다.

하지만 먹을 수도 없고 천을 짤 수도 없으며 너무 물러서 도구나 무기를 만들 수도 없는 금속에 침략자들이 왜 그리 열광하는지 이해할 수 없었다. 한 원주민이 궁금증을 참지 못하고 묻자, 그들 중의 우두머리가 '황금으로만 나을 수 있는 마음의 병을 앓고 있기 때문'이라고 대답했다.

유발 하라리 《사피엔스》의 '돈의 향기'라는 장에 나오는 이야기다. 당시 스페인 사람들이 얼마나 황금에 집착했는가를 잘 보여준다. 황금에 대한 탐욕을 감추기 위해 '마음의 병'을 앓고 있다고 에둘러 표현한 것으로 보이지만, 이미 그때부터 자본주의 문명이 극에 달한 오늘에 이르기까지 그 마음의 병은 치유할 수 없을 만큼 더 깊어진 것이 아닐까.

오늘날 신의 이름을 들먹이며 사는 이들 또한 이 마음의 병에서 자유로워 보이지 않는다. 배불뚝이 신Mammon을 숭배하는 탓이다. 이 배불뚝이 신에 사로잡히면 매사에 손익과 효율을 따진다. 손익과 효율을 앞세우는 신자들은 조건 없이 신을 사랑하지 못한다. 마이스터 에크하르트의 설교집에 보면 이런 이야기가 눈길을 끈다. 어떤 신자가 자기 스승에게 물었다.

"왜 하느님을 사랑해야 합니까? 어떻게 하느님을 사랑해야 합니까?"

스승이 대답했다.

"하느님만이 우리가 그분을 사랑해야 할 이유이다. 하느님은 무無이시다. 그러므로 너는 아무 방법 없이 하느님을 사랑해야 한다.”

하느님을 사랑한다면서 손익과 효율을 따지기에 익숙한 신자들은 '하느님만이 우리가 그분을 사랑할 이유'라는 말을 이해할 수 없다고 항변하리라. 주판알을 튕겨 주고받음에 익숙한 자본의 사슬에 묶인 사람들은 '하느님 사랑'의 보답으로 돌아올 '하느님=무'를 이해할 수 없으리라.

요컨대 에크하르트의 가르침은 무조건 하느님을 사랑하라는 것인데, 이 말은 곧 천국이라든지 영원한 생명이라든지 하는 목표도 없이 사랑하라는 것이니, 이런 비효율적인 사랑을 누가 하려고 하겠는가.

하지만 우리가 천국이나 영생 같은 바깥에 있는 목표를 향해 움직일 때, 그것은 곧 이분법을 따라서 행동하는 것이다. 즉 그런 목표를 향해 움직이는 사람은 천국이나 영생이 이미 우리 속에 있음을 알지 못하는 사람이다. 만일 우리 속에 그런 목표 없이 무조건적으로 신을 사랑해야 한다는 자각이 싹튼다면, 우리는 이미 천국과 영생을 우리 속에 실현한 삶을 살고 있는 것이다.

예수는 들에 피는 백합이 어떻게 자라는지 생각해보라고 했다. 꼭 백합이 아니라도 상관없다. 꽃들은 어떤 이유를 가지고 피어나지 않는다. 어떤 손익과 효율을 따지면서 피어나지 않는다.

꽃들에겐 이분법이 없다. 그냥 핀다. 그냥 피어나는 꽃들은 마음의 병도 없다. 우리 삶의 스승이 멀리 있지 않다!

그대 그대의 사원
나날의 삶이

지난 석가탄신일, 작은 사찰을 찾아갔다. 몇 년 전부터 내가 사는 지역의 성직자들이 모여 종교 간의 평화를 기리는 모임을 하는데, 마침 석가탄신일이라 우리 회원인 스님이 계시는 사찰에서 모이기로 했던 것. 조촐한 석탄일 행사가 끝난 후 우리는 대화 모임을 가졌다. 이런저런 얘기를 나누는 중에 필리핀에선가 수난절 퍼포먼스를 하면서 어떤 사람이 십자가를 지고 가는 장면이 화제가 되었다. 어떤 신부님이 그 얘기를 듣고 이렇게 말했다.

"왜 예수처럼 살려고 하지는 않고, 예수처럼 죽는 흉내나 내죠?"

그러면 어떻게 사는 것이 예수처럼 사는 것일까. 사도 바울로는 말한다. "여러분의 매일의 삶—일상의 삶—을 하느님께 헌물로 드리십시오." 그리스도인들은 자기가 신봉하는 신 앞에 헌금도 드리고 봉사도 하지만, 자기 일상의 삶 전체를 바칠 생각은 하지 않는다. 일주일에 하루, 소위 주일을 철저히 지키는 일에는 마음을 쓰지만, 나머지 엿새의 삶은 하느님의 뜻과는 무관하게 사는 이들이 많다.

지난해 가을에 있었던 일이다. 마침 전어 철이라 후배와 함께 전어회를 먹으러 갔다. 그런데 전어회를 몇 점 집어먹던 먹던 후배가 말했다.

"싱싱하지 않네요. 죽은 전어를 섞은 것 같아요."

나는 산골에서 자란 사람이라 잘 몰랐는데, 바닷가 출신인 후배는 회가 싱싱하지 않다는 것을 금방 알아챘다.

"이 횟집 주인은 정직하지 않은 사람이에요. 기업에도 영성이 있어야 하는데!"

우리가 집에서 식구들을 위해 음식을 만들 때는 좋은 식재료를 사용하고, 정성껏 조리를 한다. 하지만 장사하는 이들

중엔 이득을 얻기 위해 나쁜 재료를 사용한다든지, 재료를 적게 넣는다든지 하는 경우가 있다. 먹는 것이 얼마나 중요한가. 우리가 먹는 것이 곧 우리 몸을 만들지 않던가. 그날 횟집을 나오면서 보니 벽에는 어느 교회 이름이 박힌 달력이 걸려 있었다. 이 횟집 주인은 주일성수를 하고 자기가 출석하는 교회에 헌금은 바칠지 몰라도, 자기의 일상을 하느님께 바치지 않음을 눈치 채고 매우 씁쓸했다.

칼릴 지브란은 《예언자》에서 '그대들의 나날의 삶이 그대들의 사원이며 종교'라고 말했다. 그러니까 농부가 농사를 짓는 것, 대장장이가 낫이나 쟁기를 만드는 것, 주부들이 요리를 하는 것, 직장인이 돈을 버는 것 등 그 모든 행위가 하느님께 바쳐지는 것이라는 자각 속에 살아야 한다는 것. 바꾸어 말하면 우리의 삶은 자기의 참 주인으로부터 위탁받은 것이라는 자각으로 살아야 한다는 것이다.

그날 종교 간의 대화 모임이 끝난 뒤 스님의 농장을 둘러보았다. 고추밭과 표고버섯을 키우는 하우스, 그리고 암자 주변에 심어놓은 아름다운 꽃들에서 스님의 부지런하고 여유로운 삶을 엿볼 수 있었다. 신도들이 많지 않아 농사를 지어 힘겹게 생계를 꾸려가지만, 스님의 해낙낙한 미소에서 자족의 미

덕을 느낄 수 있었다. 대웅전 앞에는 노란 골담초 꽃이 탐스
러웠다. 골담초 꽃에 코를 대고 있었더니, 스님이 다가와 말
했다.

"이 꽃이 맘에 드시나 봐요. 뿌리로 번식하는데, 나중에 양
생하면 나눠 드릴게요."

《채털리 부인의 사랑》을 쓴 데이비드 허버트 로렌스는 어느 날 아이의 손을 잡고 정원을 이리저리 거닐고 있었다. 아이가 물었다.

"왜 나무들은 온통 녹색이죠?"

로렌스는 햇빛이 식물 안에 저장되었다가 녹색 잎사귀로 변하는 것에 대해 찬찬히 설명해주었다. 아이는 그래도 성에 차지 않았던 모양이다. 아이가 다시 물었다. 로렌스는 곰곰이 생각하다가 대답했다.

"나무들은 그냥 녹색이니까 녹색인 거야."

그제야 아이는 흡족한 얼굴로 미소를 지었다.

"그 설명이 맘에 드네요. 다른 사람들은 너무 복잡하게 설명한단 말이야. 아저씨는 아주 간단하게 답해주시네요. 나무는 그냥 녹색이니까 녹색인 거라고."

호기심으로 가득 찬 아이들에게는 구구한 설명이 필요치 않다. 아이들에게는 세상이 온통 기적으로 충만하니까.

어른들은 존재의 이유를 묻는다. 이성과 합리와 숫자의 굴레에 붙잡혀 살아가는 어른들은 '왜 살아야 하나?'를 묻는다. 성서의 욥처럼 이해할 수 없는 고난과 시련을 당해 '왜 죄 없는 내가 고통을 당해야 하는가?'를 묻기도 하고, 또 삶의 의미를 발견할 수 없을 때 '도대체 이 무의미한 삶을 왜 지속해야 하는가?' 하고 호소하는 이들도 있다. 그 대답을 발견할 수 없을 때 하나뿐인 목숨을 끊는 이들도 있다. 하여간 '왜 사느냐?'는 물음은 인류가 천년만년 되뇌어온 물음이다.

나 역시 예외는 아니었다. 하루하루 견뎌야 하는 삶이 고단하고 삶의 의미를 발견하지 못해 괴로운 순간들이 많았기 때문이다. 그런 어느 날 '왜 사느냐?'고 묻는 자에게, '내가 살아 있기 때문에 산다'고 대답하는 것 외엔 별 도리가 없다고 말한 마이스터 에크하르트의 명징한 잠언을 만났다. 즉 삶이란 그 자체의 이유 때문에 사는 것. 삶에는 왜가 없다.

"삶에는 왜가 없다" 이 말을 듣고 나니, 정신이 퍼뜩 들었다! 보통 사람들은 오래된 삶의 습성에 젖어 산다. 그러나 오랜 습성에만 젖어서 살아간다면 우리는 불행을 벗어나기 힘들 것이다. 습성에 젖어서 사는 삶은 타성의 삶이요, 노예의 삶이 아니던가. 거기에는 진정한 기쁨도 희열도 없다. 깊이 생각해보면 우리는 삶이 습관이 되었기 때문이 아니라 사랑받고 사랑하는 것에 익숙해져 있기 때문에 삶을 사랑하는 것이 아닐까.

우리 삶을 떠받치는 근본적인 원동력, 그것은 사랑이다. 태양, 공기, 물, 바람, 흙, 매일 우리의 양식이 되어주는 식물, 동물 등은 우리 생명을 존속하게 하는 존재의 기반이 아니던가. 어떤 시인은 우주가 사랑의 옷감으로 짜여져 있다고 노래했다. 그렇다. 우리의 삶은 사랑으로 짜여진 직물과 같다. 우리가 삶을 사랑할 수 있는 것은 바로 그 때문이 아닐까.

저물녘, 천둥지기 논들이 있는 농로를 걸었다. 모내기가 끝나 초록 기쁨이 초록초록 자라는 논배미마다 우렁이가 까놓은 알들이 딸기 모양으로 볏잎에 붙어 있었다. 이제 곧 우렁이들은 알을 까고 나와 잡초를 씹어 먹고 벼가 열매를 잘 맺을 수 있도록 돕다가 추수가 끝나면 석회질 껍질만 남으리라.

이것이 우렁이의 사랑법이다. 사랑을 자기 몸으로 아는 생명은 존재의 이유를 묻지 않는다. 대자연은 존재의 이유 따위를 묻지 않는다. 왜 사느냐고 물으면, 웃는다던 어느 시인처럼!

영혼의 정원에 물 주는 방법

"야속하네요, 하늘이 정말 야속하네요!"

경로당 앞에서 만난 마을 부녀회장 김간난 할머니는 새파란 하늘을 쳐다보며 숫제 탄식조로 중얼거리신다.

"예년 같으면 지금이 장마철인데, 비 한 방울 내리지 않네요."

할머니는 방금 개울 건너에 있는 밭을 다녀오는 길이라고 했다. 사람 키보다 더 자랐어야 할 옥수수는 자라지도 못한 채 잎들이 배배 꼬이고, 파랗게 밭을 덮었어야 할 감자 이파리들도 노랗게 타들어가더라고. 가뭄 속의 농작물처럼 타들어가는 속내를 드러내어 말씀하시는 할머니의 이마 주름이 여느 때보다 훨씬 더 깊어보였다.

"회장님, 기우제라도 지내야 할 것 같아요!"

무슨 위로라도 해드려야 할 것 같아 불쑥 튀어나온 말이었다. 진심이었다. 아무리 과학기술이 발달해도 자연재해는 인간의 힘으로 어찌할 수 없지 않은가.

"그래서 하느님께 기도하러 가요. 천주교 공소에! 일종의 기우제죠."

아 그래, 할머니는 독실한 신자지. 저수지로 가는 마을 언덕배기에 있는 공소를 향해 걸어가시는 할머니의 구부정한 등을 바라보며 가슴이 울컥했다. 너나 할 것 없이 문명의 숱한 혜택을 누려온 우리 인간은 얼마나 오만한가. 어쩌면 하늘은 이런 재해를 통해 무작스런 인간의 오만을 꺾어놓으시는지도 모르겠다.

나는 작은 텃밭을 부쳐 먹는다. 주로 텃밭에 잡초를 기른다. 정확히 말하면 그냥 잡초가 자라도록 두고 거기 자란 잡초를 뜯어 먹는 게으른 농사꾼인 셈. 물론 잡초는 다른 농작물보다는 생명력이 강해 물을 주며 돌보지 않아도 잘 자라는 편이지만, 올해는 그렇지 않다. 땡볕을 견디지 못한 잡초들도 오글쪼글 오가리가 들었다.

농부들이 뿌리째 뽑아 밭가에 팽개쳐놓아도 좀처럼 시들지 않는 쇠비름도 제대로 크지 못한 채 벌써 꽃을 피웠다. 이러면 다 시들어 죽겠다 싶어 저물녘이면 수도의 물을 긴 호수로 끌어다 물을 주곤 했다. 예년에 없던 일이다. 그렇게 물을 줄 때마다 나는 마음속으로 기우제를 올렸다. 기우제가 무엇인가. 하늘의 은총을 받고 싶다는 것이 아닌가.

아빌라의 테레사 수녀는, 우리 영혼도 물을 줘야 하는 가뭄 속 정원과 같다고 했다. 그런데 물을 주는 데는 네 가지 방법이 있다고. 첫째는 물통으로 직접 샘의 물을 길어다가 주는 것. 이건 매우 힘겨운 노동이다. 둘째는 양수기를 동원하여 물을 주는 것. 이건 힘이 조금 덜 드는 방법이다. 셋째는 시냇물의 물길을 돌려 정원으로 바로 끌어들이는 것인데, 이건 앞의 두 방법보다 훨씬 수월하다.

마지막 방법은, 하느님께서 비를 풍성하게 내려주실 것이므로, 정원사는 아무 일도 하지 않는 것이다. 이 네 가지 가운데 가장 좋은 방법은 말할 것도 없이 바로 하늘이 내리시는 비를 기다리는 방법이다.

그런데 만일 하늘이 비를 내려주시지 않는다면? 그땐 정원의 화초를 말라죽지 않게 하기 위해서 정원사 스스로 물을 줘야 한다. 물론 힘겨운 노동이 필요하다. 이때 발생할 수 있는 영적인 위험은, 무언가를 성취하고자 하는 자아가 하느님의 인도를 앞서 간다는 점이다. 그래서 테레사 수녀는 비에게 우선권을 주었다. 비는 사람이 만드는 게 아니라 하늘이 내려주시는 거니까. 그것은 선물이고 은총이니까.

그러므로 성숙한 신심을 지닌 사람은 '비에게 우선권을 주는 방법'을 택할 것이다. 즉 그것은 하느님의 은총 앞에 오만한 자아를 비우고 자기 자신을 내려놓는 것이다. 다시 말하면 '하느님 안에 보금자리를 치는 것'(마이스터 에크하르트)이다.

테레사 수녀가 가르치는 영혼의 정원에 물주는 방법 가운데 나 역시 마지막 방법을 택했다. 올해는 절로 그 방법을 따르게 되었다. 가뭄의 고통을 몸소 겪게 하심으로 하늘이 나를 겸허하게 하신 것이다.

어쩌다 젊은이들을 위한 강연 자리에 가면, '우리 시대에도 종교가 필요합니까?' 하는 뜬금없는 질문을 더러 받곤 한다. 이런 질문은 대개 종교의 본질에 대한 것이라기보다는 왜소해지고 자기중심적인 종교인들의 삶의 행태에 관한 것이다. SNS 같은 통신문명의 발달로 활짝 열린 세상이건만 우리는 이웃종교와 높은 담을 쌓고 살아가는 종교인들의 배타적인 모습을 자주 목도하게 된다.

지난해에는 이런 어처구니없는 일도 있었다. 한 개신교도가 경북 김천 개운사 법당에 들어가 불상을 훼손했다. 이 소식을 접한 서울기독대 손원영 교수는 SNS에 대신 '사과의 글'을 게재하고, 개운사 돕기 모금운동을 벌였다. 손 교수의 이런 행위는 이웃종교를 존중하고 성숙한 신앙을 지향하는 얼마나 아름다운 모습인가. 당시 나도 이 소식을 접하고 모금행위에 기꺼이 동참했다. 그러나 서울기독대는 이것을 우상숭배 행위라며 손 교수를 파면했다.

이런 일을 마주하면 종교인의 명찰을 착용하고 사는 것이 부끄럽다. 명찰을 착용했으면 이름값을 해야 하는 거 아닌가. 왜 이름과 존재가 다른가. 기독인이라면 예수의 종지宗旨를 받들어야 하는 게 아닌가. 손 교수를 파면한 이들은 사랑, 평화, 관용이라는 예수의 종지를 가슴에 새겨보았을까. 사랑할 수 있는 사람만 사랑하면 그게 무슨 사랑인가. 관용을 베풀 수 있는 사람에게만 관용의 손을 내민다면 그게 무슨 관용인가.

프란체스코 교황은 "위선적 신자보다 무신론자가 낫다"고 했다. 교황의 이런 발언은 결코 신을 부정하는 것이 아니다. 소위 신자라는 명찰을 달고 있으면서 그 이름과 존재가 어긋나는 위선을 질타하고 있는 것이다. 그렇게 위선을 저지르며 살 바엔 차라리 신자라는 명찰을 떼라는 것. 많은 종교인들이 오해하거나 착각하는 것은, 우리가 어떤 종교의 명찰을 착용하면 그에 부합하는 존재가 될 것이라는 것이다. 분명히 말하지만 그렇지 않다.

동양의 어느 선사가 일갈했다. 도(道)가 사람을 넓히는 것이 아니라 사람이 도를 넓히는 것이라고. 쉽게 말해보자. 예수를 믿는다고 저절로 그 존재가 넓어지는 것이 아니라 그 존재가 넓어질 때 예수의 종지도 넓어지는 것. 그러니까 내 마음이 넓어지면 내가 신봉하는 진리도 넓어진다는 것이다. 이처럼 마음이 넓어진 사람은 다른 사람의 삶이나 생각을 짓밟지 않고 살아가면서 영혼의 관대함을 실천할 수 있다.

지금은 두 분 다 돌아가셨지만, 어느 해 법정 스님과 김수환 추기경이 성탄절 무렵에 만나 진지한 대화를 나누는 모습을 보고 〈연꽃과 십자가〉란 시를 쓴 적이 있다.

자기보다 크고 둥근 원에

눈동자를 밀어 넣고 보면

연꽃은 눈흘김을 모른다는 것.

십자가는 헐뜯음을 모른다는 것.

연꽃보다 십자가보다 크신 분 앞에서는

연꽃과 십자가는 둘이 아니라는 것.

하나도 아니지만 둘도 아니라는 것…

늦은 어울림이라도 어울림은 향기롭네.

그렇지 않은가. 이런 어울림은 얼마나 향기로운가. 국경의
담, 이념의 담, 종교의 담이 여전히 드높은 시대지만, 우리가
가야 할 길은 저 높은 울타리를 허무는 향기로운 어울림의 길
이 아니겠는가.

자
아
의

타 바
이 람
어 을
에
서 빼
라

초저녁부터 집 주위를 맴돌며 울어대던 고양이 울음소리가 잠잠해졌다. 이 혹한의 날씨에도 짝을 부르던 암코양이 울음소리. 뜨거운 몸의 부름이니 어쩌랴. 나는 긴 겨울밤을 주로 책을 읽으며 보내는데, 애기울음을 닮은 고양이 울음소리 때문에 책 읽기를 자주 멈추어야 했다. 고양이 소리가 잦아드니 만귀잠잠하다.

화목난로에 넣을 장작을 가지러 나와 흘깃 뒷집을 보니 독거노인은 벌써 잠이 드신 모양이다. 늦도록 켜두곤 하던 TV 소리도 들리지 않는다. 돌담 너머 동쪽 하늘에는 주먹만큼 큰 별들이 떠올라 시리게 눈을 찌른다. 마당 한편에 우뚝 서서 총총한 별들을 바라보니, 머릿속이 다 맑아진다. 읽고 있던 책에 나오는 사하라 사막의 밤하늘 풍경이 어른거린다.

사실 지난 연말에는 사하라 사막엘 다녀오고 싶었다. 넉넉지 않은 주머니 사정으로 포기하고 말았지만, 대신 그곳 풍경을 담아낸 책을 읽는 것으로 아쉬움을 달래기로 했다. 스티브 도나휴의 《사막을 건너는 여섯 가지 방법》. 요즘 나는 이 책에 폭 빠져 있다. 이 책에 소개된 사막은 인생의 여로에 대한 은유다. 즉 인생이라는 사막, 변화라는 사막을 건너는 효과적인 방법에 대해 여러 측면에서 유익한 제안을 던지고 있다. 사하라 사막 같은 곳에서 숱한 고통과 죽음의 고비를 넘으면 현자나 품음직한 이런 잠언을 쏟아낼 수 있는 것일까.

어느 날 도나휴는 동료들과 함께 숱한 장애물이 도사린 사하라 사막을 차를 타고 건너다가, 모래 속에 차가 빠져 꼼짝달싹 못하는 궁지에 몰린다. 모래 속에 갇힌 차를 빼내기 위해 뜨거운 모래먼지를 뒤집어쓰고 여러 가지 시도를 하지만 실패한다. 결국 누군가의 제안으로 타이어의 바람을 빼는 모험을 감행하는데, 그러고 나서야 모래에서 차를 끄집어내어 여행을 계속할 수 있었다. 여기서 그는 소중한 깨달음을 얻는다.

215

"사하라 사막에서 부딪히는 문제는 공기 부족이 아니라 공기 과잉 현상이라는 것. 그러니까 정체된 상황에 부딪힐 때 우리의 자신만만한 자아에서 공기를 조금 빼내야 다시 움직일 수 있다는 것. 타이어에서 공기를 빼고 차의 높이를 낮추듯이 우리의 자아에서 공기를 조금 빼면, 현실 세상과 좀 더 가까워지고 좀 더 인간적이 될 수 있다는 것이다."

우리의 타성을 깨우는 멋진 잠언이 아닌가. 우리가 인생이라는 사막을 건널 때 팽팽한 타이어에서 공기를 빼듯이 겸허해져야 한다는 것. 이때 겸허란 우리는 결코 완벽하지 못하다는 것, 유한한 존재라는 것, 우리 자신의 약점까지를 포함하여 있는 그대로의 자신을 받아들여야 한다는 것. 이런 겸허한 삶의 태도를 통해 변화무쌍한 인생이라는 사막을 헤쳐갈 수 있는 힘을 얻을 수 있다는 것이다.

평소에 우리는 얼마나 많은 거품을 북적이며 사는가. 허세, 허영, 허풍 같은 말은 곧 우리 삶의 거품을 드러내는 말이 아니던가. 하지만 이런 거품은 때가 되면 잦아들기 마련이고 그렇게 거품이 잦아들면 우리의 알몸은 드러나고 만다. 우리가 지닌 소유든 명예든 지위든 지식이든, 그런 걸로 알몸을 가리려 해봐야 결국 그건 사그랑주머니에 불과하지 않던가.

영하 10도 이하로 곤두박질 친 혹한의 밤에, 내가 이런저런 걸 지녔다고 아무리 우쭐거려봐야 화목난로에 넣을 장작 몇 개비 없으면 나는 아무것도 아닌 것. 온몸이 와들와들 떨려 책도 읽을 수 없고, 인생의 사막을 건너는 지혜 한 잎 건질 수 없다는 것.

만일 우리가 지혜로운 사람이라면, 우주의 주재이신 분이 우리의 알몸을 드러내기 전에 자아의 타이어에서 바람을 빼고 인생의 사막을 건너야 하지 않을까. 지금 창밖엔 한겨울 찬바람이 휘몰아치고 있다. 집 앞의 가로등 불빛이 늦도록 매달렸던 대추나무의 낙엽이 우수수 떨어지는 모습을 비춰준다. 알몸을 드러낸 겨울나무들을 보며 모처럼 깊은 묵상에 잠겨보는 밤이다.

마음의 다이어트

　이따금 아내가 보채 저울에 올라 몸무게를 잴 때가 있다. 하지만 내 몸무게는 젊을 때나 지금이나 거의 변함이 없다.

　"그렇게 잘 먹이려 애써도 도무지 살이 안 찌니 참!"

　아내는 내 몸무게가 좀 늘어나 남들에게 후덕하게 보이기를 원하는 모양이다. 아내가 그렇게 말하면 나는 딴청을 한다.

　"내 또래들은 어떻게 하면 뱃살을 좀 뺄까 걱정들인데 나야 뱃살 때문에 걱정할 일이 없으니 다행이지 뭐!"

　사실이 그렇다. 다만 바람이 있다면, 내 에고ego의 몸무게나 줄어들어 좀 더 날씬해지는 것. 어쩌다 아내와 말다툼을

하다 보면, 웬 고집이 그렇게 세냐고 퉁아리를 듣기 일쑤니까. 지금보다 더 늙어 '고집 센 늙은이'란 말은 듣지 않았으면 하는 바람도 있고.

인도의 성자로 불리는 라마크리슈나는 말년에 자기에게는 이제 '에고'라 부를 만한 게 없다고 말했다. 헉! 유한한 인간에게 '에고'가 없다니! 다만 그는 자기에게 에고라 부를 만한 게 남아 있다면 '나뭇잎이 똑 떨어진 뒤에 나뭇가지에 남은 희미한 자국 같은 에고가 있을 뿐'이라고 했다.

라마크리슈나는 이런 비유를 들려주면서 자기에게 남아 있는 에고를 '깨달음의 에고', 혹은 '사랑의 에고'라고 불렀다. 폭풍 같은 인생을 뚫고 나아가는 데는 사랑보다 아름다운 것이 없다는데, 그래서 라마크리슈나는 '사랑의 에고'를 남겨두었던 것일까.

약육강식, 적자생존의 삶의 방식이 점점 더 강화되는 듯싶은 이 야만의 시대에 라마크리슈나 같은 이의 삶은 어쩜 외계인의 그것처럼 느껴지기도 한다. 깨달음과 사랑의 에고는커녕 '욕망의 에고'만 살아 있는 이들이 득세하는 세상이니까. 초등학교 시절부터 더하기 곱하기 빼기 나누기를 다 배웠건만, 욕망의 에고에만 붙잡혀 사는 이들은 더하기 곱하기라는 셈밖에 모르니까. 자기 호주머니를 비우거나 자기 소유를 이웃과 나누려는 선한 에고는 상실된 상태니까.

나는 모든 사람 속에 신성神性이 살아 있다고 믿는다. 그것을 '신성'이라 하든 '불성'이라 하든 '아트만'이라 하든, 종교마다 그 표현이 다르지만 말이다. 요컨대 거룩한 신의 성품을 지닌 사람은 남의 아픔을 내 아픔으로 여기고 그 아픔에 동참한다. 우리는 흔히 내 아픔만 해도 벅찬데, 어찌 남의 아픔까지 떠맡을 수 있느냐고 생각한다. 하지만 우리 속엔 그런 능력이 주어져 있다. 남의 아픔을 끌어 안을 수 있으면 내 아픔도 기적처럼 치유되더라.

나는 라마크리슈나 같은 아름다운 고백을 하기엔 모자라도 한참 모자라는 인간이지만, 아내의 보챔이 없더라도 사랑의 저울엔 자주 올라가 몸무게를 재봐야겠다. 고집, 집착, 갈망, 탐욕 같은 에고의 몸무게가 줄었는지 아니면 더 늘었는지 알아보기 위해서. 그래서 내 가까이 있는 곁님들에게 행복을 선물하기 위해 '사랑의 에고'만 남기까지 마음의 다이어트를 날마다 하려 한다.

성탄, 신생의 불꽃놀이

성모 마리아가 아기 예수를 품에 안고 수도원을 찾으셨다.
사제들이 길게 줄을 서서 성모에게 경배를 드렸다.

어떤 이는 아름다운 시를 낭송했고, 어떤 이는 성서를 그림
으로 옮겨 보여드렸다. 성인들의 이름을 줄줄 외우는 사제도
있었다. 그런데 줄 맨 끝에 있던 사제는 볼품없는 사람이었
다. 제대로 된 교육도 받은 적이 없고, 곡마단에서 일하던 아
버지에게 공을 가지고 노는 기술을 배운 게 고작이었다.

그러나 그는 진심으로 아기 예수께 자신의 마음을 바치고
싶어 했다. 그는 주머니에서 오렌지 몇 개를 꺼내더니 공중에

던지며 놀기 시작했다. 그것만이 그의 유일한 재주였다. 그 순간, 아기 예수가 처음으로 환하게 웃으며 손뼉을 치기 시작했다. 성모는 그 볼품없는 사제에게만 아기 예수를 안아볼 수 있도록 허락했다고 한다.

성탄절 무렵이면 떠오르는 이 얘기는 파울로 코엘료의 소설 《연금술사》에 나온다. 신에 대한 참된 경배는 경건하게 머리를 조아리는 것보다 삶을 놀이로 즐길 줄 아는 '천진성'을 지녀야 한다는 것일까.

꼭 이 얘기 때문은 아니지만, 나는 며칠 전 초등학교 꼬마들이 다람쥐처럼 드나드는 문구점에 들러 빨강, 노랑, 파랑 빛깔의 초와 불꽃놀이 할 폭죽도 한 다발 사다놓았다. 아내도 이미 집안에 있던 벤자민 화분에 오색 꽃등을 얼기설기 매달아놓았고, 서울에서 직장을 다니는 딸도 성탄절에 맞춰 내려왔다.

오늘밤에는 가족들과 촛불을 밝히고 폭죽도 뼁뼁 터뜨리며 신나게 놀아야지. 아기 예수의 2016번째 생일을 기리고, 우리 속에 있는 '내면의 아이'의 탄생을 기리기 위해서. 성탄의 진정한 의미는 우리가 조물주께서 기뻐할 만한 존재로 '거듭나는新生' 데 있는 것이 아니겠는가.

세상을 '신의 놀이마당'이라고 한 이가 있지만, 성탄절은 이 신의 놀이마당에 신의 아들임을 자각한 이가 성스런 배역을 맡아 참여한 것을 기리는 날. 신의 아들이 말똥 뒹구는 마구간에 강생했다는 것부터가 얼마나 멋진 해학이며 유머인가. 천진한 아이들처럼 상상력을 조금만 발휘하면 우리도 삶을 한바탕 즐거운 놀이로 바꿀 수 있을 텐데 세상 돌아가는 게 너무 심각하고 우울하기만 하지 않은가.

영혼은 덧셈보다는 뺄셈에 의해 성장한다는데, 오직 덧셈과 곱셈밖에 모르는 자본가들. 해변의 모래성 쌓기 같은 게 권력, 부, 명예인데, 그 덧없는 것에 단 하나밖에 없는 목숨을 내걸고 아귀다툼하는 불쌍한 어른들. 그리고 놀이 중에 가장 유치한 놀이인 전쟁놀이, 그것도 탐욕의 속내는 감춘 채 '세상의 빛'으로 오신 이의 이름을 내걸고 하지 않던가.

천진한 아이들을 품에 안고 너희야말로 "낙원의 진짜 주인"이라고 일컬었던 예수는, 창조적 놀이를 잃어버린 이 세대를 보고 얼마나 안쓰러워하실까. 예수는 젊음과 단절된 창조적 놀이를 잃어버린 문명을 새롭게 하기 위해 오셨다.

마이스터 에크하르트는 성스런 예수의 숨결을 마시는 이들은 "나는 어제보다 더 젊다"고 고백할 수 있어야 한다고 말했다. 그때 우리는 예수와 더불어 영원한 젊음을 향유하며, 우리 자신이 우주에 핀 한 송이 꽃이라는 자각을 지니고 그 영혼의 부요를 이웃과 더불어 나눌 수 있을 것이다.

이런 창조적 젊음을 지닌 이는, 그 속에 자비의 에너지가 날마다 샘솟고, 만물 속에 타오르는 신의 파릇파릇한 숨결을 느끼며, 하늘을 나는 새처럼 채움과 비움이 자유로운 영혼으로 살 수 있을 것이다. 또한 자족함에서 천국이 꽃핀다는 것을 알기에 지구 표피에서 얻은 것들에 집착하지 않고, 언젠가 깨어질 질그릇 같은 생에 신이 값진 보화를 담아주셨다는 감사의 노래가 입술에서 떠나지 않을 것이다.

이처럼 창조적 젊음을 몸소 보여주신 예수의 숨결을 호흡하며 사는 우리 가족은 오늘 희망을 싹틔울 작은 빛의 축제를 준비했다. 밤하늘에 오색 폭죽을 빵빵 터뜨리면, 축제의 주빈인 아기 예수도 배꼽을 움켜잡고 깔깔댈 것이고, 우리 안의 '창조의 아이'도 화들짝 깨어날 것이다.

함박눈이 펑펑펑 내려주면 금상첨화일 텐데…!

모성애가 시들면 지구도 시든다

어마어마한 돌의 정원. 지구라는 거석을 압축해놓은 듯한 돌의 정원. 자연스레 배치해놓은 돌들과 어울려 숨 쉬는 풀, 나무, 새, 흙, 바람, 연못, 태양, 하늘. 그날따라 하늘 숨결인 양 자욱하게 내리던 짙은 안개비. 정원으로 향하는 길가에 도열한 위풍당당한 바위들, 호방하게 서 있는 오백장군들, 민중들의 생존의 땀과 피눈물이 서린 연자매들, 오순도순 모여 있는 천진구부한 동자석들 곁을 지나면서 그 강고한 밀도의 돌들이 왜 근친처럼 느껴지던지. 무심코 서 있는 그 돌들에서 왜 신성한 힘의 현현이 느껴지던지. 문화나 예술 같은 인간적 범주로 담아낼 수 없는 숱한 돌들이 으밀아밀 들려주던 내밀한 이야기들. 얼마 전 다녀온 제주돌문화공원 오솔길을 거닐면서 밀물져 오던 생각들이다.

돌문화공원은 단지 기암괴석을 모아놓은 곳이 아니었다. 까마득한 시원의 창조신화가 곳곳에 살아 숨 쉬고, 돌들마다 자비로운 여신의 숨결이 스며 있는 것 같았다. 그랬다. 그 여신의 이름은 거인 설문대할망. 얼마나 장대한지 한라산을 베개 삼고 누워 두 다리는 관탈산에 걸치고 낮잠을 자기도 했다는 이야기는 널리 알려져 있기에 새삼 언거번거할 것도 없겠다.

내가 이 신화에 매혹된 건, '설문대할망과 오백장군' 이야기 때문이다. 아들 오백 형제를 거느리고 살았던 설문대할망. 어느 해 지독한 흉년이 들어, 굶주린 오백 형제가 양식을 구하러 나갔다. 어머니는 아들들이 돌아와 먹을 죽을 끓이다가 발을 잘못 디뎌 죽 솥에 빠져 죽고 말았다. 그런 줄도 모른 채 허기져 돌아온 아들들은 죽을 퍼먹기 시작했다.

뒤늦게 돌아온 막내아들이 죽을 먹으려고 솥을 젓다가 큰 뼈다귀를 발견하고 어머니가 빠져 죽은 것을 직감했다. 막내

언거번거하다 쓸 데 없이 말이 많고 수다스럽다.

는 어머니의 주검을 먹어치운 비정한 형들과는 더 이상 함께 살 수 없다며 차귀섬으로 달려가 바위가 되어버렸다. 이 사실을 알게 된 형들도 어머니를 부르며 통곡하다가 모두 바위로 굳어져버렸다. 이것이 오백장군 신화의 전말. 19년째 돌문화공원을 조성하고 있는 백운철 단장은 이 신화에 대해 "한라산 영실 분화구의 오백장군의 바위가 되어버린 어머니와 자식들의 사랑 이야기는 동서고금 들은 바 없는 모자 전설의 정화精華"라고 갈파했다.

설문대할망은 '산보다 더 높고 더 장엄한 모성애'를 상징한다. 돌문화공원 안에는 설문대할망의 모성애를 기리기 위해 그가 빠져 죽은 죽 솥을 연상케 하는 '하늘연못'이 자리 잡고 있다. 하늘연못에서는 해마다 설문대할망의 모성애를 기리는 축제와 공연이 열린다고 한다. 하늘연못 둘레를 탑돌이 하듯 도는데, 돌문화공원을 조성하고 있는 이의 창조성과 자비심이 느껴졌다. 돌문화공원 조성의 배후에는 설문대할망 신화의 정신이 깔려 있고, 설문대할망의 모성애를 이 불모의 세상과 연결하려는 시도라는 생각이 들었기 때문이다.

여성은 많으나 생명의 씨앗을 품어 기르려는 모성은 점차 줄어드는 세상. 자식을 위해 자기를 희생하는 설문대할망들

의 자비심을 폄하하는 세상. "모성애가 시들면 지구도 시든
다"(백운철)는 지구생명에 대한 극진한 사랑의 언어를 시대착
오적인 몽상쯤으로 치부하는 세상. 하지만 아무리 시대가 변
해도 변치 않는 것은, 생명은 다른 생명들의 희생 위에서만
꽃필 수 있다는 것. 설문대할망 신화는 그것을 분명히 환기시
켜주었는데, 그 신화는 나를 살리고 지구를 살리는 보화처럼
각인되었다.

　대자연과의 아름다운 공존을 목표로 세워지는 돌문화공원.
하늘이 흔감한다면 나는 오솔길이 끝나는 한적한 산자락에
별서別墅 한 채 짓고 싶었다. 이틀을 머물고 떠나던 날 아침,
고요한 공원 숲엔 안개비에 젖은 나뭇가지들마다 윤슬이 반
짝거리며 배웅해주었다.

이제 하늘이 굴리는 대로 살 거야

　오일장은 오늘도 인산인해. 한적하고 여유로운 신촌을 좋
아하지만, 대형마트보다 싼 갖가지 찬거리를 사러 아내 따라
나선 풍물시장. 모처럼 날씨가 포근해서일까. 발 디딜 틈 없
이 붐비네. 뒤에서 밀면 앞으로 한 걸음 떠밀려가고 앞 사람
이 멈추면 나도 걸음을 멈춰야 한다. 풋풋한 나물이나 토종약
초 같은 걸 파는 가게 앞에 오면 오래 밀려 있어도 괜찮아, 괜
찮아. 사지도 않으면서 이런저런 토종 약초를 들고 킁킁 냄새
맡는 것도 좋아하니까.

　넓은 시장을 천천히 한 바퀴 돌고 나면 골동품가게. 그 앞

은 언제나 한산하지. 가게 앞에서 기웃거리다 안으로 들어가니 오늘따라 눈에 들어온 건 나무요강. 골동품상 주인은 내가 요강 앞에서 기웃거리자, 조선시대 가마 타고 다니던 양반집 마님들이 쓰던 거라고 입에 거품을 물지만, 나는 그게 모조품이란 걸 알지. 여기 말고도 거품 없는 눈요깃거리는 많아 나는 곧 손을 흔들어주고 다른 골목으로 발걸음을 옮긴다.

뚝딱뚝딱 쇠망치 소리 요란한 대장간 앞을 지나면 옛날 떡집. 날씨 포근할 땐 난전에 앉아 인절미를 썰어 팔던 호호백발 할머니. 오늘은 유리문 안에서 인절미를 빚고 계신다. 둥글고 길게 만든 찹쌀반죽을 칼로 뚝딱뚝딱 썰어 팥고물에 묻히기도 하고 콩고물에 묻히기도 하시네. 한참 동안 호호백발 할머니가 인절미 빚는 것을 보다가, 나는 문득 손뼉을 쳤다. '그래, 바로 저거야. 이젠 떡집 할머니 손길에 저를 내맡긴 인절미처럼 살 거야. 콩고물에 굴리면 콩인절미로, 팥고물에 굴리면 팥인절미로! 누가 뭐라 해도 이젠 하늘이 굴리는 대로 살 거야. 그럴 거야.'

풍물시장을 휘돌아 집으로 돌아오며 아내에게, 이젠 하늘이 굴리는 대로 살겠다고 하니, 빙그레 웃으며 대꾸한다. "아마도 당신이 남보다 가진 게 많았으면 그런 생각을 못했을 거예요!" 그래, 당신 말이 맞아. 가진 게 많아 자식에게 물려줄 유산이라도 있었으면 그걸 지키려 아등바등했겠지. 요새 종교 세습이니 뭐니 하는 것도 따지고 보면, 신도들의 피 같은 헌금으로 축적된 재산을 자기 소유인 양 그걸 지키려 하기 때문이 아니겠는가.

인도의 성자 간디가 《바가바드 기타》를 해설하며 한 말이 문득 떠오른다. "신은 우리를 명주실로 이끄신다." 왜 하필 명주실일까. 어릴 적 누에를 키워본 적이 있어 나는 누에가 토해내는 명주실이 얼마나 가는지 잘 안다. 만일 신이 명주실로 우리를 이끄실 때 우리가 어떤 욕망에 사로잡혀 신의 이끄심을 거부한다면, 그 가느다란 실은 금방 끊어지고 말 것이다. 에고의 욕망을 텅 비울 때만 우리는 신의 인도를 받을 수 있는 것. 종교적 삶의 최고 미덕은 '순종'이 아니던가.

나는 내가 '적수공권'으로 살게 된 것을 고마워한다. 적수공권은 맨손과 맨주먹이라는 뜻으로 가진 게 없다는 걸 비유적으로 이르는 말. 하지만 나는 만물의 주인인 우주의 주재를 모셨으니, 모든 것을 가진 은총을 누리는 것이 아닌가. 내가 풍물시장에서 만난 호호백발 할머니 손에 빚어지는 인절미처럼 살겠다는 건 우주의 주재를 모신 기쁨의 표현에 다름 아닌 것.

4장

아플 때 즐거움을 창조하라

첫
불

    묵은 기억의 짐 탈탈 털고 길 떠나는 새해 아침. 만물을 새롭게 하시는 창조주의 뜨거운 숨결이 느껴지는 성스러운 시간이기도 하다. 이맘때면 이웃종교의 스님들은 깊은 설산에서 '동안거'에 들어 깨달음을 구하고 있겠지. 나는 새해 첫 주를 홀로 묵언에 들어 하루하루를 신명나게 살아갈 지혜를 구하고 있다. 아침에 일어나 마당에서 아내와 얼굴을 마주쳤

동안거 음력 10월 15일부터 이듬해 1월 15일까지 승려들이 일정한 곳에 머무르며 수도하는 일.

는데, 습관처럼 움찔하는 내 입 모양을 보았던지 키득키득 웃는다. 흰 눈을 머리에 인 명봉산 위로 떠오른 해님도 덩달아 활짝 웃어준다.

밤새 식어버린 구들을 덥히려 장작을 가져다가 아궁이 앞에 앉는다. 지난해 가을에 새로 만든 아궁이. 잘게 쪼갠 나뭇가지에 불을 붙여 아궁이 속으로 밀어 넣는데, 첫 불을 넣던 순간의 뭉클했던 기억이 새록새록 피어난다.

'그래, 매일 지피는 불이지만, 사실 모든 불이 첫 불이지! 저 절절 끓는 구들방에 누가 들어가 지지든, 혼자 지지든 누구랑 붙어 지지든, 매일 밤이 첫날밤이지! 신혼이지!'

그렇다. 우리가 매일을 태초의 첫날로, 매일 밤을 신혼의 첫날밤처럼 맞이할 수 있다면, '시간이 영원 속으로 녹아드는' 삶의 융융한 희열을 맛볼 수 있을 것이다. 신학자 폴 틸리히는 시간 속에서 느끼는 그런 희열을 '영원한 지금'이라 불렀다.

그렇게 우리가 매일 밤을 신혼의 첫날밤처럼 맞이할 수 있다면, 더불어 살아가는 곁님들을 '영혼의 동반자anam kara'로 다정히 팔짱 낄 수 있으리라. 영혼의 동반자라고 하면 찰떡궁합인 연인을 떠올릴지도 모르겠지만 사실 그 말은 외연이 더

넓다. 우리와 함께 마음을 나누는 모든 존재를 신성한 차원으로 드높여 영혼의 동반자라고 한다. 그리스도인이라면 서로를 '그리스도'로, 불자라면 서로를 '부처'로 받드는 것.

하지만 오늘 우리 지구별의 현실은 그렇지 못하다. 종교의 이름으로 저질러지는 숱한 다툼과 반목은 좁은 지구별에 사는 이들의 정신을 황폐화시키고 있다. 따라서 종교가 인간의 고통을 해결하기 위해 무엇을 하고 있는가 하는 회의 어린 시선도 자주 만난다. 종교를 그 어원에서 보면 '뒤로 이어준다'는 소중한 의미가 깃들어 있다. 이슬람 수피인 하즈라트 이나야트는 이런 종교의 속알을 "모든 사물과 존재들은 가장 깊은 중심에서는 모두 하나로 된다"고 환기시키고 있다. 우리가 마음눈을 뜨고 사물과 존재를 깊이 들여다보면 겉의 차이 때문에 반목하고 적대할 일이 없다는 것이다.

수행자들 사이에 전해지는 오래된 이야기. 어떤 부자가 자기 영적 스승을 찾아 문안인사를 올리고 나서 예쁜 포장지에 싼 선물을 바쳤다.

"이게 무엇인가?"

"제가 정성껏 준비한 선물인데, 황금으로 만든 가위입니다."

스승은 제자가 바친 선물을 받지 않겠다며 도로 가져가라고 했다. 놀란 제자가 스승에게 물었다.

"이 황금가위는 아주 값진 것인데, 받지 않으시겠다는 연유를 알고 싶습니다."

스승이 노기 어린 표정을 지으며 입을 열었다.

"가위는 결코 받지 않겠네. 나는 찢거나 가르거나 쪼개는 사람이 아닐세. 만일 바늘이나 실 같은 선물을 가져온다면 내 기꺼이 받겠네."

어느 종교의 가르침이든 그 원천을 거슬러 올라가면, 너와 나 사이를 찢거나 가르거나 쪼개는 가위의 정신이 아니라, 그렇게 찢어지고 나누어진 분열과 적대의 관계마저 하나로 꿰매고 이어주는 바늘과 실의 정신을 강조하고 있음을 알 수 있다. 바늘과 실이라는 이 아름다운 은유가 가리키는 게 무엇이 겠는가.

붓다나 노자, 소크라테스, 예레미야, 그리고 우파니샤드의 지혜로운 현자들 같은, 소위 축(軸)의 시대의 깨어 있는 종교의 선각자들이 누누이 강조한 '공감과 자비의 영성'이 아니겠는가. 오늘날 공감과 자비의 영성은 더 이상 어떤 특정 종교의 전유물이 아니다. 그것은 인간을 포함한 지구별 생명체가 살아남기 위해 필요한 절대가치이다. 하지만 그런 가치에 대한 우리의 자각은 자본주의적 탐욕의 위세에 짓눌려 퇴보하고 있는 것은 아닌가 하는 의구심에 휩싸일 때가 많다. 종교들 또한 이런 자각에서 멀어지며 크나큰 위기를 자초하고 있다.

이런 위기에 우리가 할 수 있는 일은 무엇일까. 종교학자 카렌 암스트롱이 말하듯, 인간 존재의 내면 깊은 곳에서 초월의 차원을 발견하고, 공감과 자비라는 삶의 지혜를 선사했던 저 축의 시대의 통찰로 돌아가야 한다. 실제로 인류는 정신적 위기 때마다 늘 축의 시대를 돌아보며 길을 찾았기 때문이다. 그들이 뜨겁게 밝힌 지혜의 첫 불! 오늘 우리가 그 첫 불을 기억—기억은 영혼의 중요한 기능이다—해내고 우리 영혼의 아궁이에 첫 불!을 당긴다면, 우리가 살아갈 처소를 사랑의 온기 가득한 집으로 만들 수 있을 것이다.

모름지기 종교란 삶의 무거움을 가벼움으로 바꾸는 예술이다. 벗들이여, 부디 숱한 집착의 무거운 멍에를 벗고 깃털처럼 가벼운 존재의 희열로 충만하기를!

나의 아름다운 비밀스런 양식

몇 년 전 시집이 출간되었을 때, 후배가 축하 모임 자리를 마련해주었다. 서울 대학로의 어느 카페에서 모였는데, 꽤 많은 축하객이 있었다. 축하 순서 중엔 시낭독도 있었다. 환경 운동을 하는 후배가 나와 내 시를 낭독하고 나서 말했다.

"저는 아침마다 시 한 편씩 읽고 나서 하루를 시작하죠. 밥은 더러 굶어도 시를 굶는 일은 없답니다."

그날 나는 시를 사랑하는 후배의 얘기를 듣고 몹시 반갑고 부끄러웠다.

허균이 지은 《한정록》에는 이런 의미심장한 이야가 나온다. 송나라 사람들이 스승으로 떠받들던 호장유란 사람은 기개가 우뚝하여 소신대로 살면서 가난한 살림에도 지조를 지켰다. 어느 날 조맹부란 사람이 호장유에게 은화 1백 냥을 가지고 와서 어떤 환관을 위하여 묘비명을 써 달라고 부탁을 했다. 그러자 호장유가 성난 목소리로 '나는 환관을 위하여 묘비명을 짓지 않는다'고 꾸짖었다.

그날 호장유의 집에는 먹을 양식이 떨어져 그 아들이며 이웃 사람들이 모두 그 돈 받기를 권했으나 호장유는 끝내 거절하고 말았다. 일찍이 호장유는 동양(東陽)으로 가는 벗 채어우를 전송하는 글에서 '죽도 제대로 먹지 못하고 옷도 따뜻하지 않으나, 시를 읊는 소리는 오히려 맑기만 하다'고 한 뒤 이렇게 덧붙였다고 한다. 이것이 '나의 비밀스러운 아름다운 양식'이라고!

존재 자체가 온통 시심으로 가득 차 있지 않다면 내뱉을 수 없는 말이다. 매사에 계산하고 효율만 따지는 산문적 인생들은 도무지 이해할 수 없는 귀신 씻나락 까먹는 소리이리라. 삶의 행복은 끝없는 더하기(+)에 있다고 생각하는 이 천민자본주의에 함몰된 인생들은 그런 존재의 깊이를 가질 수 없으리라. 마트의 식품 코너 같은 데 산더미처럼 쌓인 것들만 먹을 양식이라고 여기는 이들의 깜냥으로는 '비밀스런 양식'이란 말을 아예 이해할 수 없으리라. "죽도 제대로 먹지 못하고 옷도 따뜻하지 않으나, 시를 읊는 소리는 오히려 맑기만 하다"는 정신의 고상함을 아는 사람만이 그런 양식을 누릴 수 있을 것이다.

　세속의 수행자 같은 시인 박노해는 천박한 세파에 진동한동 흔들리지 않는 목소리로 노래했다.

　　시가 흐르지 않는 것은

　　상대하지도 않았다

　　얼마든지 아름답게 할 수 있는 것을

　　아무렇게나 하는 것은 견딜 수가 없었다

　　힘들어도 시심詩心으로 할 수 있는 것을

　　괴로워도 성스럽게 할 수 있는 것을

　　아무렇게나 하는 것은 용납할 수가 없었다.

　　　　　　　　－ 박노해, <그렇게 내 모든 것은 시작되었다> 중에서

여기서 '시가 흐른다'는 것은 무슨 뜻일까. 시인의 다른 작품 〈불편과 고독〉에 그 답이 있지 싶다. 편리에 길들여진 사람들은 불편을 견디지 못한다. 삶이 경박해진 이들은 고독을 참지 못한다. 그런 이들에게 시인은 '홀로 외로움을 껴안으라'고, 불편과 고독을 견디는 것이 아니라 '불편과 고독을 추구하라'고 권면한다. 불편과 고독의 날개가 없이는 푸른 하늘을 날 수 없다고. 오늘 우리의 삶은 정신을 못 차릴 정도로 변화무쌍하지만, 시가 흐르는 삶은 불편과 고독, 가난을 숙주로 해야 하는 것이 아닐까.

예나 이제나 시인으로 사는 것은 쉽지 않다. 시를 써도 발표할 지면이 줄어들었다. 한밤중에 시를 탈고하고 나면, 때로 누군가에게 읽어주고 싶은 충동에 사로잡힌다. 하지만 후미진 산골짜기에 살면서 시의 청중을 만나긴 쉽지 않다.

아니다. 한밤중에 시를 들고 마당으로 나가면 하늘엔 달님이 있고, 땅엔 반가워 꼬리 치는 개가 있다. 사랑스런 나의 청중들이다. 어느 날 나는 탈고한 시를 개 앞에서 낭독해주었다. 내 시를 들었는지 어떤지 모르지만 개가 꼬리치는 모습을 보며 '비밀스런 아름다운 양식'을 나눠준 것 같아 기뻤다.

장엄한 빛의 속삭임

　얼마 전 저녁밥을 먹고 서재에서 책을 읽고 있는데, 딸이 문을 열고 소리쳤다.

　"아빠, 어서 나와보세요!"

　"웬 호들갑이냐?"

　"지금 우주쇼가 시작됐단 말이에요."

　나는 딸의 손에 이끌려 마당으로 나갔다. 하늘이 잘 보이는 장독대로 올라서니, 먼저 휘영청 밝은 달이 보이고, 그 아래로 금성도 밝게 빛나고 있었다. 그 둘 사이에 희미한 빛의 화성도 보였다.

매스컴에서 우주쇼라고 명명한, 달과 화성과 금성이 한 줄로 늘어선 빛의 장엄이 우리 눈앞에 펼쳐져 있었다.

"그래, 정말 놀랍고 멋지구나!"

행성들은 제각기 다른 중력과 공전주기를 가지고 있는데 나란히 열을 맞추고 있으니 얼마나 놀라운 일인가.

우리는 장독대의 항아리처럼 나란히 서서 놀라운 우주쇼를 지켜보다가 날씨가 너무 추워 방으로 들어와 식구들끼리 이런저런 이야기를 나누었다. 딸이 문득, 예로부터 점성학자들은 행성이 일렬로 늘어서면 지구가 멸망한다는 예언을 했다는데, 어떻게들 생각하시느냐고 물었다. 느닷없는 딸의 질문 때문에 우리는 모처럼 지구의 종말에 관해 깊이 생각하는 시간을 가졌다.

우리는 점성가들이 말하는 지구의 종말뿐 아니라 종교에서 말해온 묵시적 종말이나 생태적 종말에 이르기까지 각자 자기 생각을 나누었다. 하지만 나는 또 다른 종말의 징후에 대해 이야기했다. 눈부신 첨단문명의 도래로 숱한 장벽이 허물어지는 세상에 신新만리장성을 다시 쌓겠다는 미합중국, 그리고 영국의 브렉시트가 지향하는 가치, 즉 자국의 이익을 극대화하는 방향으로 세계가 재편되는 현상은 곧 종말의 징후를 드러내는 것이 아닐까.

　모든 생명은 저 홀로 존재할 수 없다. 네가 있기에 비로소 나도 존재할 수 있는 것. 당장 내 이익에 도움이 안 된다고 너의 존재를 부정하는 건 결국 지구 생명을 파국으로 몰아가지 않겠는가. 어떤 눈 밝은 시인은 '사랑'은 '흉한 이익'이 아닌 '찬란한 손해'라고 노래했다.

　그렇다. 타자를 부정하며 자기 이익을 취하는 것이야말로 '흉한 이익'인 것이다. 흉한 이익을 취하기 위해 골몰하는 자의 내면엔 무자비가 터 잡고 있을 것. 시인은 사랑을 '찬란한 손해'라 했는데, 이처럼 손해를 감수하려는 자비심이 있을 때 지구 공동체는 파국을 면할 수 있는 게 아닐까.

　우리가 종교를 가졌든 가지지 않았든, 우리 인류의 삶을 존속히도록 하는 최후의 가치는 사랑이요 자비인 것. 이천 년 이천오백 년 전의 예수와 붓다가 피를 토하듯 사랑과 자비의 가치를 역설한 것은 지구 주민이 살 길이 그것밖에 없기 때문이 아니겠는가.

　나는 우주쇼가 펼쳐진 그날, 신비롭고 장엄한 빛 속에서 으밀아밀 속삭이는 빛의 속삭임을 들었다. 너희가 흉한 이익을 쫓아 살면 안 된다고, 그렇게 무자비하게 살면 너희의 미래가 없다고, 한 줄로 늘어선 달과 화성과 금성의 빛의 장엄은 어느 때보다 빛나는 눈망울로 공존공생의 가치를 상실한 철부지 인간들을 측은하게 내려다보며 그렇게 말하고 있는 듯싶었다.

사람은 혼자가 그 누구도 아니다

    탈탈탈 유모차 굴러오는 소리가 들린다. 텃밭에서 일하다가 돌아보니, 웃말 사시는 강릉댁 할머니다. 허리가 좋지 않아 밖으로 나다닐 때 항상 유모차를 밀고 다니신다. 유모차는 물론 빈 수레. 잠시 후 마을 공소 부근에 사는 홍천댁 할머니가 지팡이를 짚고 절뚝거리며 오신다. 매일 오전 10시쯤이면 백수노인 두 분 다 경로당으로 출근하신다.

    그런데 오늘따라 경로당 안으로 들어가지 않고 두 분 다 입구 계단에 털썩 주저앉아 계신다. 나는 잠시 일손을 놓고 두 분 할머니에게 다가가 말을 붙인다. "아니, 왜 안에 안 들어가

시고 처량하게 계단에 앉아 계셔요?" 평소 사근사근한 성품의 강릉댁이 대꾸하신다. "이렇게 햇살이 좋은데, 히히 볕 좀 쬐야쥬." 아침저녁으로 날씨가 선선해지며 볕이 싫지 않은 계절이다. 홍천댁도 한 마디 거드신다. "맨날 혼자 집에 처박혀 있다가 이렇게 나오니 참 좋네유. 여름볕은 귀찮은 남 같지만 가을볕은 친손주 살결 같은걸유." 나는 할머니들에게 목례를 하고 텃밭으로 향하는데, 문득 시 한 수가 떠오른다.

사람이란 그렇다

사람은 사람을 쬐어야지만 산다

독거가 어려운 것은 바로 이 때문,

사람이 사람을 쬘 수 없기 때문

그래서 오랫동안 사람을 쬐지 않으면

그 사람의 손등에 검버섯이 핀다

얼굴에 저승꽃이 핀다

인기척 없는 독거

노인의 집

군데군데 습기가 차고 곰팡이가 피었다

시멘트 마당 갈라진 틈새에 핀 이끼를 노인은

지팡이 끝으로 아무렇게나 긁어보다가 만다

냄새가 난다, 삭아

허름한 대문간에

다 늙은 할머니 한 사람 지팡이 내려놓고 앉아

지나가는 사람들 바라보고 있다

깊고 먼 눈빛으로 사람을 쬐고 있다

– 유홍준, 〈사랑을 쬐다〉

　시의 분위기는 쓸쓸하고 적적하게 살아가는 노년의 삶을 떠올리게 한다. 시골 촌로들의 삶은 매우 외롭다. 사람은 사람을 쬐어야 하는데 사람을 쬐지 못하니까. 강릉댁이나 홍천댁이나 자식들이 여럿 있지만 다 도시에 나가 살고, 명절 때나 되어야 자식들 얼굴을 볼 수 있는 형편이다. 하지만 어찌 이런 촌로들만 '사람을 쬐어야지만 산다'고 하겠는가. 요즘은 혼밥, 혼술, 이런 말이 유행하는데, 젊은이들 가운데도 혼자 살아가는 이들이 많다. 그렇게 혼자 살면서 사람이 사람을 쬐지 못해 일어나는 불행한 일들도 많지 않던가.

　독거가 어려운 것은 바로 이 때문,

사람이 사람을 쬘 수 없기 때문

　　그래서 오랫동안 사람을 쬐지 않으면

　　그 사람의 손등에 검버섯이 핀다

　　얼굴에 저승꽃이 핀다

　오늘날 부득이하여 독거하는 이들이 늘어나고 있지만, 정말 독거가 필요한 특별한 수행자 같은 경우가 아니면 독거는 바람직한 삶의 방식이 아니다. 시인은 '오랫동안 사람을 쬐지 않으면' 검버섯이 피고 저승꽃이 핀다고 말한다. 이것은 육체의 늙음을 암시하는 것이기도 하지만, 생명의 온기로부터의 단절을 말하는 것이기도 하다. 오늘날 수많은 젊은이의 자살, 노인들의 고독사 같은 것들은 사람을 쬘 수 없을 때 나타나는 현상이 아닐까. 유대 랍비이며 철학자인 아브라함 요수아 헤셸은 《사람은 혼자가 아니다》란 책을 썼는데, 그는 이렇게 말한다.

　"하느님은 의미한다. 사람은 그 누구도 혼자가 아님을, 일시적인 것의 본질은 영원한 것임을, 순간은 무한한 모자이크 안에 있는 영원의 상(像)임을, 거룩한 타자성 속에 모든 것이 어우러져 있음을."

그렇다. 사람은 그 누구도 혼자 살 수 있도록 창조되지 않았다. 오늘 우리는 우리와 더불어 사는 피조물을 함부로 대하지만, 풀 한 포기, 벌레 한 마리도 소중하다. 시골에 살면서 벌에게 쏘이고 뱀에게 물릴 때 왜 저런 유해한 피조물을 창조하셨을까 의문이 들 때도 있지만, 벌이 사라지면 식물이 사라지고, 뱀이 사라지면 생명의 사슬이 파괴되어 지구 생태계에 위기가 온다는 것을 이제 우리는 알고 있다.

　그래서 헤셸은 '거룩한 타자성 속에 모든 것이 어우러져 있다'고 하는 것이다. 나는 거룩한 타자성이란 말을 하느님으로 바꿔 사용해도 무방하다고 생각한다. 거룩한 타자성, 어려운 말이지만, 그것을 하느님으로 바꿨을 때, 사람을 포함한 우주 안의 모든 것은 하느님의 사랑 안에 있다는 말이 아닐까. 이런 자각이 우리에게서 사라지게 되면 사람이 사람을 쬘 수 없고, 사람이 하느님의 볕을 쬘 수 없어 생명의 단절과 파괴에 직면할 수밖에 없는 것이다.

　　인기척 없는 독거

　　노인의 집

　　군데군데 습기가 차고 곰팡이가 피었다

시멘트 마당 갈라진 틈새에 핀 이끼를 노인은

지팡이 끝으로 아무렇게나 긁어보다가 만다

아침저녁으로 마을 산책하다 보면, 독거노인들이 사는 집은 적막하다. 그래서 더러 들어가 기척을 내면, 불편한 몸을 끌고 나와 반겨준다. 누군가의 기척이 그리웠던 것. 친족이 아닌 나그네의 헛기침소리라도 그리웠던 것. 사람의 볕을 쬐고 싶지만, 그럴 형편이 못 되기에 개나 고양이 같은 생명의 온기라도 쬐려고 꼭 짐승 몇 마리씩은 키운다. 오늘날 젊은이나 늙은이나 반려동물을 키우는 사람들이 점점 많아지는데, 그것 역시 생명의 단절에서 오는 외로움 때문이 아닐까.

누군가의 인기척을 듣지 못하는 독거, 생명의 빛을 쬐지 못하는 독거의 삶에는 구석구석 시퍼런 곰팡이가 피고, 하느님의 헛기침소리조차 들을 수 없다.

허름한 대문간에

다 늙은 할머니 한 사람 지팡이 내려놓고 앉아

지나가는 사람들 바라보고 있다

깊고 먼 눈빛으로 사람을 쬐고 있다

내가 사는 시골에서 이런 애잔하고 적막한 풍경은 흔하다. 촌로들의 대문간 앞을 지나다가 나를 바라보는 이가 있으면, 요샌 나 역시 촌로들을 지긋이 바라본다. 독거하지는 않지만 나 역시 외로우므로. 촌로들이 그렇게 바라보면서 사람을 쬐고 싶듯이, 나 역시 사람을 쬐고 싶으므로. 그래, 그렇게 서로를 바라보면서 어느 날은 이런 생각이 들었다.

저 바라봄의 지극한 눈빛은 '그대가 있어 비로소 내가 있다!'고 웅변하고 있다는 것. 우리가 몸에 지녀야 할 가장 지극한 공경은 '그대가 있어 비로소 내가 있다!'는 것을 아는 일이란 것. 우리 안에 이런 자각이 깊어질 때, 사람을 쬐고 있는 촌로들의 '깊고 먼 눈빛'을 이해하고, 그 눈빛이 곧 하느님의 눈빛이라는 것도 알게 되리라.

돌
담
과

트
럼
프
의

장
벽

나는 돌담을 좋아한다. 높은 시멘트 담이 아니라 울퉁불퉁
한 돌들로 나지막하게 쌓은 시골 돌담. 찬 서리를 맞아 붉게
물든 담쟁이 잎으로 덮인 돌담. 옆집의 가죽나무 잎들도 날아
와 쌓이면서 마치 적비단으로 온몸을 두른 듯한 돌담.
길을 지나가던 꼬부랑 할머니들이 힐끔힐끔 돌담 너머로 넘
겨다볼 때 눈인사를 나누는 것도 좋아하지만, 몰래 돌담을 넘
어오는 어린 도둑괭이들의 정겨운 눈빛도 난 사랑하지.

이처럼 돌담이 좋아 10여 년 전 나는 이 낡은 한옥으로 솔
가했지. 뒤란 쪽 돌담 위로는 해마다 호박넝쿨을 올렸는데,

어느 늦가을 마른 넝쿨을 걷어내다 허술한 돌담이 우르르 무너져버렸어. 돌들은 주변 밭가나 개울에 지천인지라 손수레로 실어다 손수 돌담을 쌓았지. 주워온 돌들로 한 칸 한 칸 돌담 올리는 재미가 얼마나 쏠쏠하던지!

돌담을 쌓을 때는 나름의 원칙이 있지. 오순도순 살아가는 이웃집 살림을 서로 넘겨다 볼 수 있도록 높지 않게 쌓기. 돌담을 사이로 마주서서 즐거운 얘기도 나누고 살아가는 얘기도 나눌 수 있도록 쌓기. 무엇보다 봄철의 앵두나 여름철의 애호박이라도 따면 돌담 너머로 이웃집 아낙을 소리쳐 불러 싱싱한 풋열매도 나눠먹는 데 방해되지 않도록 쌓기….

하여간 오늘 아침에도 마당에 나와 볕을 즐기며 "돌담에 속삭이는 햇발같이~" 소리쳐 부르는데, 뒷집 이장 부인이 돌담 위로 빼꼼 얼굴을 내밀었어. 갑자기 머쓱해진 나는 노래를 멈추었지.

"좀 시끄러웠죠. 히히, 오늘 볕이 너무 좋아서요!"

"다름 아니구유, 우리 집 고추밭 추수가 끝났는데, 풋고추가 아직 쫌 달려 있시유. 잡수시려면 따 가시유."

충청도 사투리가 구수한 이상 부인.

"네, 고마워요."

문득 난 저 멀고 먼 나라 트럼프 씨가 바로 옆집에 산다면 어땠을까 상상해보았어. 나직한 돌담이 아니라 높이 9미터에 이르는 장벽을 쌓는다면! 그 장벽 끝에 아무도 넘어오지 못하도록 뾰족뾰족한 쇠붙이까지 달아놓는다면! 아 생각만 해도 끔찍하다.

미국은 예수의 정신이 큰 영향을 끼친 나라로 알려져 있지. 이젠 그게 아닌 모양이다. 그 알량한 국익이란 것이 성스런 예수의 가르침보다 앞서는 모양이다. 살아생전 예수는 사람과 사람 사이의 모든 장벽을 허물었던 분이 아닌가. 종교의 벽, 민족이라는 벽, 피부색의 벽, 남녀의 벽, 빈부의 벽, 계급과 신분의 벽 등의 모든 장벽을 다 허물고 싶어 했지. 저 푸른 하늘엔 차별과 분리의 울타리가 존재하지 않음을 인류에게 알려주기 위해 끝내 고통과 희생의 십자가까지 졌지.

그런데 저 아름다울 '미(美)' 자 미국이란 나라는 스스로 이웃들과의 어울림을 내팽개쳐버렸구나. 아름다움은 어울림에서 비롯된다는 것을 망각한 것인가. 돌담을 사이에 두고 으밀아밀 속삭이는 이웃 사이의 어울림이 아름다움의 모태(母胎)임을 잊어버리면 세상은 곧 지옥으로 변한다는 걸 왜 모를까.

즐거움을 창조하라

아플 때

젊을 때의 일이다. 30대 중반, 그때 나는 작은 시골 교회를 섬기고 있었다. 몸이 많이 아팠다. 위십이지궤양이 심했다. 원체 오지에 있어 치료도 제대로 받지 못했다. 이러다 죽을지도 모른다는 생각이 들 정도였다. 밤에는 통증으로 잠을 이룰 수 없었다. 정확한 진찰을 받기 위해 탈탈거리는 시골 버스를 타고 인근 도시의 병원으로 향했다.

꽃 피는 5월이었다. 창밖의 산과 들에 핀 봄꽃들이 화사했다. 문득 이런 생각이 밀려왔다. 저 꽃들, 마지막으로 보는 꽃들일지도 몰라! 몸이 너무 아파 절로 그런 생각이 들었다. 그

렇게 생각하니, 창밖으로 보이는 봄꽃들이 더 아름답게 느껴
졌다. 아프지 않을 땐 느끼지 못한 느낌이었다. 몸의 아픔은
사물과 세상을 바라보는 시선조차 바꾸는구나! 몸의 아픔은
인간을 철들게 하는 것인가! 코우노 스스무의 시에 더욱 공감
하는 순간이었다.

　　병들어보지 않으면

　　바칠 수 없는 기도가 있다

　　병들어보지 않으면

　　믿을 수 없는 기적이 있다

　　병들어보지 않으면

　　들을 수 없는 말이 있다

　　병들어보지 않으면

　　가까이할 수 없는 성전이 있다

　　병들어보지 않으면

　　우러러볼 수 없는 얼굴이 있다

　　아

　　병들어보지 않았으면

나는

인간이기조차

어려웠을 것이다

- 코우노 스스무, 〈병들어보지 않으면〉

　질병으로 고통받아본 사람이 아니면 이런 시구를 쓸 수 없다. 진정한 기도는 생에 대한 절실함에서 나오는 법. 삶이 평탄할 때 대개 기도하지 않는다. 생의 굴곡이 없을 때 자기 존재의 뿌리를 궁구하지 않는다. 흔히 인생을 가리켜 생로병사로 요약하는데, 늙고 병들고 죽음과 마주하지 않을 땐 겸허히 무릎 꿇지 않는다.

　인간은 누구든지 아프지 않기를 바라고 고통 없는 삶을 바란다. 하지만 세상에 아픔이나 고통을 겪지 않는 존재는 없다. 그렇다면 우리는 생의 고통을 적극적으로 긍정해야 하지 않을까. 불교 경전의 가르침처럼 병 없기를 바라지 말고 고통 없기를 바라지 말아야 하지 않을까. 어쩌면 우리 인생행로에서 마주치는 불가피한 고통은 우리의 존재를 성숙하게 해주는 소중한 재료이지도 모른다.

　성경에 보면, 사도 바울로는 자기 몸을 가시로 찌르는 것

같은 병이 있었다고 고백한다. 아마도 그것은 굉장한 계시를 받은 자기가 교만해질까 봐 하느님이 그렇게 하신 것 같다고. 그렇지만 바울로는 너무도 견디기 힘들어 그 가시처럼 찌르는 고통이 떠나게 해달라고 세 번씩이나 하느님께 간청한다. 그러나 하느님은 "너는 이미 내 은총을 충분히 받았다. 내 권능은 약한 자 안에서 완전히 드러난다"고 하시는 말씀을 듣는다. 이런 말씀을 들은 후 바울로는 더없이 기쁜 마음으로 자기를 괴롭히는 병을 받아들이기로 했다고. 그리고 자신의 약점을 자랑하기까지 했다.(고린토인들에게 보낸 둘째 편지 12: 7-10 참조) 그러니까 바울로는 질병을 통해 영적으로 훨씬 더 성숙한 존재가 되었던 것이다.

보통 우리는 자기 몸에 임한 질병의 고통에서 벗어나면 그걸 기적이라 여긴다. 그러나 바울로는 질병의 고통을 통해 자기 몸에 '그리스도의 권능'이 머물게 된 것을 기적이라 여긴다. 아마도 그는 병을 통해 자기가 죽고 그리스도가 사는 신비한 기적을 체험했던 것이리라.

병들어보지 않으면

들을 수 없는 말이 있다

병들어보지 않으면

가까이할 수 없는 성전이 있다

병들어보지 않으면

우러러볼 수 없는 얼굴이 있다

시인에게 인간은 태어난 그대로 사는 존재가 아니라 '되어가는becoming' 존재로 인식된다. 그런데 그 '되어감'을 촉발하는 것이 바로 '병'이라는 것. 시인의 이력에 대해서는 많이 알려져 있지 않지만, 시인은 스스로 어떤 병을 치유받고 나서 병든 사람들을 치유하는 일을 했던 모양이다. 목회자이기도 한 시인은 일본의 한센병요양소에서 평생 환자를 돌보는 일을 했다고. '상처받은 치유자'란 말이 있는데, 시인은 상처받은 자신의 체험을 통해 타인을 돌보는 치유자의 삶을 살았던 것이다.

그러니까 시인은 병을 통해 새로운 존재로 태어났던 것. '병들이보지 않으면/들을 수 없는 말… 병들어보지 않으면/가까이 할 수 없는 성전… 병들어보지 않으면/우러러볼 수 없는 얼굴'을 시인이 만나는 것은 크나큰 은총이요 축복이다. 거듭되는 '병들어보지 않으면'이라는 수시를 통해 우리가 확인하게 되는 것은, 시인에게 병은 인간이 자기 진면목을 발견하게 하는 원초적 힘이라는 것. 다시 말하면, 건강할 땐 자기 존재의 정체성에 관심이 없다가도, 생사를 넘나드는 큰 병에 걸린 이후에 '나는 누구인가?'를 묻게 되는 경우가 많지 않던가. 시인이 발견한 '가까이 할 수 없는 성전'이나 '우러러볼 수 없는 얼굴'이란 시구는 사람이 병이 들어 고통을 겪은 이후 발견한 자기의 '참 모습'을 말하는 것이 아닐까.

물론 세상의 부귀영화에 눈이 멀고 병들어 고통받으면서도 자기의 참모습을 찾는 일에 무관심한 이들도 있다. 옛 경전에서도 그런 이들에 대한 안타까움을 토로한다.

"하느님께 아쉬움 없이 부귀영화를 받았으면서도 그것을 마음껏 누려보지 못하고 엉뚱한 사람에게 물려주는 일이 있다. 헛되다 뿐이랴! 통탄할 일이다."(전도서 6:2)

그러니까 부귀영화를 누리는 드문 복을 받았으나 병을 얻어 그것을 누려보지 못하는 이들이 많다는 것이다.

어찌 보면, 하늘은 공평한 것 같다. 하늘은 사람에게 모든 것을 주지 않는다. 부귀영화는 주지만, 건강은 주지 않는 경우도 있다. 건강은 주지만, 부귀영화는 외면하는 경우도 있다. 만일 하늘이 사람에게 모든 것을 주면 인간이 교만해짐을 염려한 것일까.

아

병들어보지 않았으면

나는

인간이기조차

어려웠을 것이다

　시인의 표현은 우회적이지 않고 직설적이다. '병'과 '인간'을
잇는 표현에서 병으로 고통받는 이들에 대한 지극한 관심과
연민이 느껴진다. 인간은 병 때문에 '되어가는' 존재가 될 수
있다는 전언을 공감할 수 있는 까닭이다.

　그러나 얼마나 많은 이들이 질병의 고통을 담보로 자기 영혼
의 성숙을 받아들일 수 있을까. 스와미 웨다라는 인도의 수행
자는 "즐거움은 아픔의 해독제다. 아픔이 있을 때, 즐거움을
창조하라"고 충고한다. 어떻게 우리가 아플 때 즐거움을 창조
할 수 있을까. 아픔을 거절하지 않고 아픔을 받아들이는 마음
가짐을 지닐 수 있으면 우리는 아픔의 해독제인 즐거움을 창조
할 수 있다. 나는 몹시 불편한 한옥(당호가 불편당不便堂이다)에
살면서 스스로 다짐하는 말이 있다. 불편도 즐기고 불행도 즐
기자. 이러한 다짐이 내 생의 아픔을 극복하는 힘이 된다.

생
존
배
낭

    작년 성탄절 무렵, 평소 엉뚱한 짓을 잘하는 후배가 선물을 보내왔다. 뜻밖에도 후배가 보낸 선물은 생존배낭. 택배기사가 휙 넘겨준 것을 들고 들어오는데, 생존배낭이라 그럴까, 본래 무게보다 훨씬 더 무겁게 느껴졌다. 북한의 핵실험이나 미사일 발사 등 과거 여러 사건들을 지켜봤기 때문일까. 후배는 휴전선 가까운 지역에 살고 있는데, 생존배낭을 일부러 마련해 선물로 보낸 심정을 충분히 이해할 수 있었다.

    배낭 속이 궁금해 까뒤집어보니, 마음이 한없이 울가망해졌다. 생존배낭 속에는 간이담요, 양말, 핫팩, 물, 통조림, 에너지바, 초콜릿, 건빵, 손전등, 양초, 나침반 등이 들어 있었다. 그걸 보며 문득 드는 생각. 이렇게 도망치듯 살아야 하나? 거기 들어 있는 나침반으로 방향을 가늠하며 꽁지 빠지도록 도망치는, 날개 없는 내 낯선 뒤태를 상상하며 갑자기 씁쓸해졌다. 그리고 오랜 세월 편리와 속도와 효율에 길들여진 내가 그 실속 없는 배낭을 메고 어디로 은신할 수 있을까.

이제 누림의 좋은 시간은 다 지나고 오직 견뎌야만 하는 시간만 남은 것일까. 신화학자 조지프 캠벨이 구석기 시대 도덕률의 마지막 대변자라고 평했던, 시애틀 추장은 '누리는 삶의 끝은 살아남는 삶의 시작'이라고 말했다. 갓난아이가 어머니의 심장을 사랑하듯 이 땅을 사랑해야 한다고 말한 명연설의 한 대목이 문득 떠올랐다.

오늘 우리가 사는 세상은 시애틀 추장이 살던 시대보다 생태 환경이 훨씬 더 열악하고, 사람과 사람, 집단과 집단, 나라와 나라 사이의 도덕률의 지표도 훨씬 더 악화되었다. 오늘날 인류가 겪는 자연재해도 상당 부분은 공존공생에 대한 감도가 떨어진 인간의 극도의 이기심이 초래한 것은 아닐지. 이제 우리는 시애틀 추장이 갈파한대로 '누리는 삶의 끝'을 목도하고 있는 것이다. 그러니까 누리는 삶, 즐기거나 맛보는 삶은 끝장나고 이젠 오직 아등바등 견뎌야 하는 순간들이 우리 앞에 기다리고 있는 것이 아닐까.

문득 생각나는 이야기 하나. 서기 79년, 네로 황제의 폭정이 막을 내린 11년 후 베수비오 화산이 불을 뿜었다. 사치와 향락의 도시, 폼페이는 지구상에서 영원히 사라져버렸다. 바로 그날 아침, 불을 뿜는 화산에 혼비백산한 사람들이 평소에 자기가 추구하던 것들을 들고 도망치기 시작했다. 그들의 손에는 보석, 돈궤, 경전 등 귀중한 것들이 들려 있었다. 그런데 한 사람만이 아무것도 가지지 않은 채 단지 지팡이 하나만을 들고 산책을 나서는 것이었다. 누군가 그에게 물었다.

"당신은 왜 아무것도 가지고 가지 않습니까?"

그 사람이 미소를 지으며 대답했다.

"아니오, 나는 늘 이 시간에 산책을 했다오. 나는 내가 가진 모든 것을 이미 가졌소. 당신들에게 환란은 위기이지만, 내게는 여전히 아침 산책 시간일 뿐이오."

모두가 두려움으로 아우성치는 삶의 위기 가운데서 대체 누가 이 사람처럼 한가로운 산책을 즐길 수 있겠는가. 나 역시 그렇게 할 자신이 없다. 아마도 자기가 궁극적으로 돌아갈 존재의 뿌리를 알고, 그 뿌리이신 분에 대한 불굴의 신뢰를 지닌 자만이 그렇게 할 수 있지 않을까.

더러 조마조마해지는 맘 달래라고 보낸 생존배낭, 그 속에 친절하게 넣어둔 초콜릿 비스킷 따위는 꺼내먹고 나침반은 그대로 두었다. 하나뿐인 지구 밖으로 은신할 순 없으므로, 험한 일 닥치더라도 생존의 무거움을 털고 가벼워지는 희망의 향방은 가늠하며 살고 싶어!

맛의 자유로워지기
지배에서

어쩌다 한정식이라는 간판이 붙은 음식점에 가면, 이거 뭐 옛날 임금님이나 먹었을 듯싶은 진수성찬이 상다리가 부러지도록 떡 차려져 나온다. 그냥 눈요기만 해도 배가 부를 지경이다. 그렇다고 눈요기만 할 수는 없어 숟가락을 들고 이것저것 먹다 보면 나도 몰래 과식을 하게 된다.

그렇게 과식을 하고 오는 날은 온종일 정신이 흐리마리하다. 이슥한 밤이 되어 책상 앞에 앉아도 원고지 위에 글 한 줄 쓸 수 없다. 이제 다시는 그런 자리는 안 따라갈 거야, 하고 결심하지만 인생살이가 어디 내 맘대로 되던가.

사실 나는 평소에 소식小食을 실천하려 애쓰는 편. 글을 쓰기 위해 머릿속을 맑게 유지하는 일도 그렇지만 소식은 내 마음의 평정을 유지하는 데도 도움이 되기 때문이다. 사찰음식을 소개하고 보급하는 일에 열심인 대안 스님은 "건강을 위해 하는 소식은 반쪽이고, 생각의 반을 더는 것까지 함께 해야 진정한 소식"이라고 말했다.

나는 이 문장을 읽고 무릎을 탁 쳤다. 실제로 소식을 해보면 머리가 맑아져서 쓸데없는 생각과 욕망에 덜 끄달리게 된다.

기억이 어렴풋하지만 한 아라비아 왕의 이야기가 떠오른다. 왕은 자기 건강을 돌보는 의사에게 하루에 얼마나 먹는 것이 좋겠느냐고 물었다. 의사는 하루에 '대략 삼백 그램'의 음식을 먹으라고 권했다. 의사가 권장하는 음식의 양이 적다고 여긴 왕이 다시 물었다. 그만큼만 먹어도 내가 몸을 지탱할 수 있겠느냐고. 의사가 대답하기를, 그만큼만 드시면 '음식이 폐하를 지탱해드릴 것'이나 그보다 더 드시면, '폐하가 음식을 지탱해주셔야 할 것'이라고 했다는 것이다.

나는 과식을 부추기는 식탁 앞에 앉을 때마다 이 이야기를 떠올리곤 한다. 우주의 원리에서 보면 물질은 하나가 비면 다른 하나가 채워지게 되어 있다. 그러니까 음식을 채우는 그릇

(위)을 비우면 건강한 정신이 우리 몸 그릇에 깃들게 되는 법. 내 경험에 의하면 소식, 즉 물질의 욕심을 비우면 우리 영혼이 정화되는 효과도 있다. 가볍게 먹으면 몸도 마음도 가벼워지고, 지나친 식탐을 자제할 수 있으면 다른 욕망에 대한 자제력도 배가된다.

본래 미식가가 아니지만, 나는 음식을 대할 때 맛으로 먹으려 하지 않는다. 대체로 사람들이 탐하는 미식이란 것이 온갖 인공조미료로 범벅이 된 경우가 많아서 그렇기도 하지만, 혀를 자극하는 맛을 따라가다 보면 소식을 실천하기가 어렵기 때문이다.

나는 되도록 양념이 덜 들어간 음식, 덜 가공된 음식을 먹으려 노력한다. 오늘날 요리문화의 지나친 발달은 인간을 탐식으로 몰아가고, 그것이 또한 현대인들의 건강을 위협하기 때문이다. 어쩌다 TV를 켜면 온갖 맛집들이 소개되면서 사람들의 미각을 자극한다.

어찌 먹거리뿐이랴. 우리 시대는 자극과 속도가 넘쳐난다. 온갖 매체에서 보듯 현란한 색채와 감각적인 광고문안은 사람들의 오관을 자극하고 달고 맵고 짠맛으로 끌어당긴다. 그런 눈속임에 끌려다니다 보면, 멀미가 날 지경이다. 그래서 이 초고속 문명에 지친 이들은 녹색 숲에서 휴식을 구하고, 옛날 엄마가 해주던 가정식 밥집을 찾아다니기도 한다.

일찍이 장자는 "군자의 사귐은 물같이 담백하지만, 소인의 사귐은 단술처럼 달콤하다"고 했다. 여러 해 전 우리 가족은 시골로 솔가하여 야생의 삶을 즐기고, 잡초를 뜯어 먹으며 지낸다. 우리 삶을 이해하지 못하는 이들은 묻는다.

"아니, 잡초를 무슨 맛으로 먹죠?"

그러면 대꾸한다.

"싱겁고 순수한 자연 그대로의 맛으로 먹죠. 그러면 자극을 탐하는 혀에 덜 놀아나게 되죠."

요컨대 우리가 맛의 지배를 덜 받게 되면, 그만큼 존재가 깃털처럼 가벼워지고 숱한 생의 속박에서도 자유로워질 수 있지 않겠는가.

빌
려
온
지　체
식　화
　　된
　　지
　，　식

　필사가 유행하던 적이 있다. 성경 필사, 고전 필사. 시집 필
사, 소설집 필사까지. 전자책이 흔한 세상에 항거하듯 연필이
나 만년필로 책 베끼기! 말이 나왔으니 말이지만, 저 엄혹한
독재시절 나는 정부가 불온시하던 시집이나 철학서를 몰래
빌려다 필사했다.

　며칠 밤을 새우며 그렇게 필사한 노트를 책장 뒤에 숨겨놓
고 틈틈이 꺼내 읽었다. 아마도 요즘의 필사 유행은 그런 절
실함, 절박함은 없으리라. 그 시절 그렇게 공들여 베껴 읽은
책들은 그야말로 내 피가 되고 살이 되는 찌개백반이었지.

아열대 기후로 급변한 올 여름은 하루하루 무척 견디기 힘들었다. 이열치열이라고 텃밭에 나가 일부러 땀 흘리고, 서늘해지는 밤엔 일부러 무거운 책을 읽었다. 올 여름엔 700쪽이 넘는 책과 씨름했다. 카렌 암스트롱의 《축의 시대: 종교의 탄생과 철학의 시작》. 왜 그렇게 무거운 책을 읽느냐고? 오늘날 우리는 인터넷 바다 위를 떠다니면서 너무 쉽게 지식과 정보를 습득하는 관성에 젖어 삶의 깊이를 잃어가고 있는 것은 아니던가.

앞서 어렵게 필사한 얘기를 했지만, 그렇게 힘들여 얻은 지식은 오늘날 인터넷 바다에 떠다니는 것을 손가락만 까딱거려 퍼온 지식과는 다르다. 힘들여 얻은 지식과 인터넷 바다에서 퍼온 지식 가운데 어떤 지식이 더 우리의 삶을 유용하게 할 양식이 될까. 나 역시 인터넷에서 얻은 지식을 활용하지 않는 건 아니지만, 사실 그렇게 쉽게 얻은 지식은 쉽게 잊히고 말더라. 또 그렇게 얻은 지식으로는 우리의 삶이 풍요로워지지 않더라. 내 수고와 노력과 체험에서 비롯되지 않은 지식, 그건 '빌려온 지식'이 아닌가. 그렇게 빌려온 지식, 즉 자기 몸으로 체화된 지식이 아니면 우리 존재에 진정한 변화도 가져다주지 못한다.

여행을 다녀봐도 그렇다. 외국여행 패키지를 끊어 며칠 동안 분주히 이곳저곳을 다녀오면, 몇 장의 사진 외엔 별로 남는 게 없다. 만일 우리가 여행을 통해 자기 삶의 변화를 꾀한다면, 어느 정도 넉넉한 시간을 투자해야 한다. 내 경험으로는 여행 기간이 적어도 한 달 이상은 될 때, 자기 삶의 변화를 꾀할 수 있다고 생각한다. 책읽기도 마찬가지. 한 저자의 책을 며칠 만에 후딱 읽어치우는 것과 긴 시간을 두고 천천히 읽는 것은 큰 차이가 있다.

오래전에 읽은 카렌 암스트롱의 책을 이번에 다시 한 달에 걸쳐 읽었는데, 스폰지가 물을 흡수하듯이 내 가슴이 저자의 사상에 흠뻑 물들고 교감하고 있다는 느낌이 들어 좋았다. 방금 '물든다'는 표현을 썼는데, 천연염색을 해본 내 경험으로는, 천에 물을 들이는 데도 적지 않은 노력과 시간이 소요된다. 예컨대 감물염색을 한다고 했을 때, 오랜 시간 천을 감물에 담가 쉬지 않고 정성껏 주무르는 과정이 필요하다. 그런 어려운 과정을 거쳐 빨랫줄에 널어 햇빛에 말리고 또 물을 뿌려 다시 말리는 오랜 수고를 거칠 때 비로소 내가 원하는 색깔의 천을 얻을 수 있다.

여하튼 우리가 좋은 책을 시간을 들이고 공을 들여 읽으면,

그 책은 분명히 우리 삶에 질적 변화를 가져다준다. 지난 여름 내가 읽은 카렌 암스트롱의 책은 이 천박한 우리 시대정신에 경종을 울릴 뿐만 아니라 앞뒤로 꽉꽉 막혀 있는 우리 삶의 출구를 마련하는 데도 큰 도움을 줄 것이다. 소위 모던한 것을 추구하는 이들은 옛것이라면 고리타분하다고 생각한다. 그러나 카렌 암스트롱이 거울로 삼아야 한다는 축의 시대정신은 결코 곰팡스럽지 않다. 카렌 암스트롱이 확신에 차서 하는 말을 들어보자.

"뛰어난 과학기술적 재능에 뒤처지지 않는 어떤 정신적 혁명이 없으면, 이 행성을 구하지 못할 것 같은 느낌이 든다."

어린 야만을 용서하다

    저물녘, 이른 저녁을 먹고 마당에 나와 평상에 한가로이 앉아 있었다. 개굴개굴개굴… 돌담을 넘어오는 개구리 떼 울음소리에 이끌려 집을 나섰다. 마을을 벗어나 좁은 농로를 따라 걷다 보니, 뉘엿뉘엿 저무는 천둥지기 논마다 어린 모들이 초록초록 흔들리고 있었다.

    들판엔 보랏빛 어둠이 서서히 덮였다. 논물 위로 비치던 부드러운 산 능선도, 귀가를 서두르며 하늘을 날던 재두루미의 날갯짓도 어둠 속으로 사라졌다. 논배미마다 짝을 부르는 개구리 떼 울음소리만 자욱했다. 그 울음소리는 마치 몸을 씻기기 위해 비누칠을 하면 간지러워 깔깔대는 아기 웃음소리처럼 들리기도 하고, 잃어버린 짝을 찾기 위해 혼신을 다해 울부짖는 비명처럼 들리기도 했다.

나는 걸음을 멈추고 논둑에 앉아 개구리 떼 울음소리에 귀를 기울였다. 문득 어린 시절의 한 장면이 떠올랐다. 초등학교 2~3학년 무렵. 학교가 파하면 나는 집으로 가지 않고 또래 아이들과 들판이나 강가에서 놀았다. 어떤 날은 강가에서 모래성을 쌓으며 놀기도 하고, 그러다 배가 고프면 논둑에서 개구리를 잡아 개구리 넓적다리를 불에 구워 먹었다. 개구리 같은 걸 먹다니, 무작스럽다거나 야만스럽다는 지청구 를 할 분들이 있을지도 모르겠다. 먹을거리가 턱없이 부족하던, 가난이 일상이던 시절이었다면 용서가 될까.

그날도 학교가 파한 뒤 나는 또래 아이들과 강둑 가까운 논에서 개구리를 잡고 있었다. 되도록이면 넓적다리가 토실토실한 큰 개구리를 잡으려 했다. 하지만 큰 개구리는 동작이 빨라 잡기가 어려웠다. 개구리를 쫓다가 우리는 어느새 강둑 밑까지 왔다. 움푹 파인 강둑 밑은 늪처럼 질퍽거렸다. 친구

지청구 꾸지람.

277

가 개구리를 쫓다가 질퍽거리는 늪에 발이 빠졌다.

그런데 친구의 발에 무언가 딱딱한 것이 밟혔던 모양이었다. 그것을 손으로 집어 올리던 친구가 비명을 질렀다.

"아악, 이게 뭐야?"

친구는 손에 잡힌 그것을 내 앞으로 던졌는데, 나도 그걸 보고 소스라치듯 비명을 질렀다. 해골! 사람의 해골이었다. 어린 우리는 왜 강둑 밑에 사람의 해골이 있는지 알지 못했다. 그날 얼마나 놀랐던지 다시는 개구리를 잡으러 들판으로 나가지 않았다. 부득이 쇠꼴을 먹이러 그 부근을 지날 때면 해골의 기억 때문에 온몸이 으스스 떨리곤 했다.

이젠 그런 해골을 볼 일이 없지만, 이따금 신문보도로 접하는 피골이 상접한 아프리카 아이들, 먹을 게 없어 진흙쿠키를 먹고 온몸이 퉁퉁 부은 아이들을 떠올리면, 어린 시절 강둑 밑에서 건져 올린 해골을 보았던 때처럼 으스스 신열이 일곤한다. 내 어린 시절이 그랬던 것처럼 뱃가죽이 등가죽에 붙는 가난이 일상인 아이들이 지구별 도처엔 여전히 널려 있다. 당장 눈앞에 안 보인다고 해서 지구촌 아이들의 굶주림을 외면하는 것은 크나큰 죄악이 아닐까.

내 배를 불리기 위해 타인의 고통에 눈을 감는 모진 세상이다. 국익이라는 명분으로 무관심과 무자비의 장벽을 쌓는 세상이다. 지구공동체의 종말을 알리는 재앙이 도래하고 있는 것일까. 묵시적 종말이나 생태적 종말이 아닌, 무자비의 종말 말이다. 비교적 풍요롭게 산다는 미국이나 유럽도 그렇고, 이런 종말적 징후의 악성 바이러스는 전 세계로 번지고 있다. 일찍이 인류의 성인들이 가르친 자비나 사랑의 미덕을 회복하지 못한다면, 인류의 미래는 암담할 뿐이다.

한가로이 저녁 산책을 나섰던 가벼운 발걸음이 무거워졌다. 농로 옆의 논에서 울부짖는 개구리 울음소리는 잦아들 기미가 없다. 지구를 살리는 생명의 합창은 여전히 낭랑한데, 개구리며 메뚜기 같은 것을 잡아 굶주린 배를 채웠던 어린 야만이 떠올라 울가망한 기분이었다. 어느새 하늘엔 초승달이 지고 별들만 총총했다. 내 머리 위로 빛나는 별들이 자괴감에 사로잡힌 나를 위로해주었다. 다 오래전 일이잖아. 지상의 생명은 모두 다른 생명을 취하지 않으면 살 수 없거든.

나는 캄캄한 밤을 비추는 우주의 빛들과 눈을 맞추며 내 기억 속의 어린 야만을 용서할 수 있었다. 개구리 떼 소리의 배웅 속에 집으로 돌아오며 잠시 무거워졌던 마음이 다시 가벼워졌다.

희망이 생긴다

오남매 집에만 오면

꽃샘이 기승을 부리다 물러간 뒤 뒷산 언덕이 차일을 친 듯 노랗게 부풀었다. 마을나무인 산수유가 꽃차일을 친 것. 마을 입구부터 가로수로 심은 산수유는 뒷산으로 오르는 길까지 늘비하다. 노란 손을 흔들며 환대하는 산수유 꽃길 속을 걷다 보면 내 몸도 노랗게 물들어버릴 것 같다.

들썽한 맘으로 나선 산행. 멀리서 보아도 봄산은 만화방창. 길옆의 산밭엔 꽃다지, 민들레, 개망초, 제비꽃, 애기똥풀 등 봄풀들이 다투어 피어나고, 먼 산에는 진달래꽃이 만개하여 산불이라도 난 듯싶다. 나는 숱한 꽃들의 사열을 받으며 으쓱

한 기분으로 걷는데, 저만치 산불조심 붉은 깃발을 단 트럭이 천천히 내려오다가 내 앞에서 갑자기 멈춰 선다. 차창으로 쏘옥 내민 면상을 보니, 매사에 오지랖 넓은 우리 마을 뚱보 이장. 아직 본격적인 일철이 아닌지라 요즘은 산불감시원까지 겸직하신다.

"어딜 가쇼?"

나보다 나이가 좀 아래지만 언제나 반말 투다. 그만큼 격의가 없다는 증거.

"산불 끄러!"

"뭔 산불?"

"아니, 저 산불 난 거 안 보이슈? 온 산이 벌겋게 타오르고 있구먼. 산불감시원께서 산불도 안 잡구 직무유기네."

이장은 내 말이 생게망게 한지 잠시 어리둥절하더니 곧 농인 줄 알고 농으로 받아친다.

"나 대신 산불 좀 많이 잡아주쇼. 난 이 길로 가서 막걸리도 한 사발 하고 님도 좀 볼 모양이니까."

그러고는 털털거리는 트럭을 몰고 읍내 가는 길로 줄행랑

생게망게 하는 행동이나 말이 갑작스럽고 터무니없는 모양.

을 친다. 어디 읍내 막걸리집 주모와 눈이라도 맞은 걸까. 나는 트럭 꽁무니를 향해 손을 흔들어주고 다시 뒷산 언덕을 할딱할딱 오른다. 오늘은 오 남매 집이나 가보아야지. 겨우내 코빼기도 안 보였으니, 오 남매 집 아이들이 내 얼굴 안 잊어버렸나 모르겠네.

뒷산 밑 맨 끝집인 오 남매 집은 괜히 오 남매 집이 아니다. 오 남매 집 엄마 아빠는 아이들을 좋아하여 하늘이 주시는 대로 덥석덥석 받아 낳다 보니 오 남매가 되었다고. 그렇게 오 남매씩이나 되다 보니, 넉넉지 않은 살림도 살림이려니와 경쟁 중심의 학교교육이 싫어, 아이들을 아예 학교에 보내지 않고 부부가 직접 홈스쿨링을 한다.

나는 그런 부부와 아이들이 무척 이뻐서 지난겨울에는 자청하여 글짓기 선생 노릇까지 했다. 재능기부를 한 것. 하지만 열다섯 살에서 여섯 살까지 차등이 지는 아이들에게 뭘 가르친다는 게 어디 쉬운 일인가. 그냥 아이들과 떠들며 신나게 놀아주는 거지.

오 남매 집이 멀지 않은, 큰 뽕나무 몇 그루가 서 있는 산모롱이를 돌아가는데, 갑자기 치렁치렁한 은발이 앞을 턱 막아

선다. 경로당 회장 방씨 할아버지. 언제 보아도 할아버지의 은발머리는 영광의 면류관 같다. 지난해 팔순잔치를 치른 할아버지는 허리도 굽지 않고 정정하시다. 몸만 정정하신 게 아니다. 이미 당신의 죽음을 예비하여 당신네 집 앞의 작은 선산 모퉁이에 당신이 묻힐 가묘까지 마련해놓으셨다. 건강한 정신력이 아니면 가묘까지 마련하는 건 쉽지 않은 일일 터.

"꽃구경 다녀오세요?"

"허허, 꽃구경? 그려그려, 맞아, 요샌 어딜 가나 절로 꽃구경이지. 근데, 고 선상!"

항상 고 선상이라 부르는 방씨 할아버지의 표정이 오늘따라 왠지 좀 어둡다.

"예, 말씀하셔요. 오늘 아침 뉴스를 보니까, 사람들이 여럿 자살을 했더구먼. 왜들 그렇게 죽는지? 어른들이 자꾸 그렇게 죽으면 내 손주 또래 아이들은 뭘 보고 배우라고? 그렇잖수, 고 선상?"

내가 그냥 고개만 주억거리니 심각한 얘기를 꺼낸 게 문득 민망하신지 "허참, 꽃구경 나선 고 선상에게 괜한 얘기를 지껄인 모양이네. 잘 다녀오시우……."

그렇게 말하며 돌아서는 노인의 은발이 왠지 쓸쓸하게 느껴졌다. 시절이 정말 하 수상하다. 끝없이 이어지는 자살의 행렬. 어른들은 이러구러 까닭이 있다 해도, 이마빡이 새파란 아이들의 자살 행렬을 보면 한숨밖에 나오지 않는다. 어쩌다 이 지경이 된 것일까.

박노해 시인이 모든 아이들과 사람들이 한줄 숫자로 세워져 '글로벌 카스트의 바코드'가 이마에 새겨지는 시대라고 했는데, 이 악마의 바코드가 이마에 새겨지는 것을 막을 수는 없는 걸까. 어떻게 하면 아이들에게 삶은 '숫자'가 아니고, 행복은 '다 다르다'고, 사람은 '다 달라서 존엄하다'는 자각을 갖게 할 수 있을까.

솔숲에 게딱지처럼 나직하게 엎드린 오 남매 집으로 가까이 다가서는데, 밤나무 밑에 매어놓은 흰 염소 두 마리가 먼저 힐끗 쳐다보더니 음메에에…… 하고 소리친다. 흰 염소가 소리치자 집 안에 풀어놓고 키우는 거위들도 긴 목을 쑥 빼고 꽥꽥거린다. 멍멍이는 날 알아보았는지 짖지는 않고 반갑다고 꼬리만 살랑살랑 흔든다. 짐승들 우짖는 소리를 듣고 오 남매가 뛰어나온다. 여섯 살짜리 막내는 아예 맨발이다.

오 남매는 사람이 그리웠던지 환한 얼굴로 날 맞이해준다. 엄마 아빠는 외출 중이란다.

"잘 놀았지?"

"네, 맨날 놀아요."

열다섯 먹은 맏이가 대꾸한다. 유일하게 초등학교를 졸업한 친구로, 작가가 되는 게 꿈.

"소설 좀 썼어?"

"쓰다 말다 해요."

말은 그렇게 해도 하는 짓이 아귀찬 아이다.

"전 요즘 수채화를 그려요."

쌍둥이로 태어난 둘째의 말. 화가가 꿈인 둘째는 내 캐리커처를 근사하게 그려준 아이다. 쌍둥이로 태어난 셋째는 요리사가 꿈. 넷째도 여자아이인데, 건축가가 되는 게 꿈이다.

"요새도 집 짓니?"

"네, 맘속으로만요."

지난해 오 남매가 포대 자루에 흙을 담아 쌓아올려 산비탈 밑에 짓던 집을 보니, 아직 미완성이다. 천방지축 막내는 유일한 남자아이인데, 농사꾼이 꿈이다. 오, 세상에는 아예 꿈을 접고 사는 아이들이 많은데, 그래서 늘 가슴이 미어지는

아귀차다 휘어잡기 어려울 만큼 벅차다.

데, 오 남매 집에만 오면 그래도 희망이 생긴다. 벌써 육십갑
자를 한 바퀴 돌도록 살았지만, 정말 모르겠다. 인생이 뭔지.

아
름
다
움　멀
을　리
　　하
　　는

　　　집

　　달력과 시간의 굴레를 쉽사리 벗어나지 못하는 우리는 자
주 어느 한쪽으로 치우친다. 사랑과 미움, 행복과 불행, 삶과
죽음 등 존재의 대극對極과 마주치고 살 수밖에 없는 우리는
어느 한쪽으로 기울어지는 경우가 많다. 일찍이 이것을 깨달
은 성인은 대극의 어느 쪽으로도 치우치지 않는 균형의 예술
을 제시했다.

　　붓다의 제자 가운데 비파 타는 것을 생업으로 삼는 이가 있
었다. 어느 날 비파를 조율하고 있는 악사에게 스승 붓다가
물었다.

"줄이 느슨하면 어떻더냐?"

"소리가 나지 않지요."

"줄이 너무 팽팽하면 어떻더냐?"

"줄이 끊어졌습니다."

"줄을 좀 늦추고 조음(調音)이 알맞으면 어떻더냐?"

"여러 소리가 고르고 아름다웠습니다."

붓다가 흐뭇한 미소를 지으며 말했다.

"도(道)를 배우는 것도 이와 같아서 마음가짐이 고르고 알맞으면 도를 얻을 수 있느니라."

그렇다. 우리는 삶의 균형을 잘 이루도록 노력해야 한다. 하지만 우리의 삶 자체가 끝없는 변화의 연속이기 때문에 삶의 균형을 이루고 살아가는 게 말처럼 쉽지 않다. 한무릎공부로 간단히 되는 일이 아니다. 악사가 현악기 앞에 앉으면 먼저 줄을 고르듯이, 바다 물결처럼 천변만화하는 우리의 삶에도 균형을 잡기 위한 조율이 끊임없이 요청된다.

나는 젊은 시절을 바닷가에서 살았다. 똑같은 바다지만 바다 빛깔은 늘 달랐다. 어느 날 나는 그 이유를 분명히 알게 되었다. 바다의 빛깔은 하늘의 변화에 따라 끝없이 변화한다는 것을. 하늘이 투명한 쪽빛이면 바다도 쪽빛으로 변하고, 하늘이 먹구름으로 덮여 있으면 바다도 불투명 잿빛으로 변하는 것이었다.

인간의 삶도 마찬가지다. 누구나 자기가 누리는 행복이 지속되기를 바라지만, 행복의 빛깔이 온종일 지속될 수는 없다. 연인들의 사랑이 아무리 지극하다 해도 연인을 위한 사랑 노래를 온종일 부를 수는 없지 않은가. 행복에는 불행이 끼어들게 마련이고, 영원할 것 같은 사랑은 어느 순간 미움으로 변하기도 한다. 우리 몸의 근육에도 긴장과 이완이 필요하듯, 우리가 행복한 삶을 바란다면 때때로 끼어드는 불행도 즐길 줄 알아야 한다.

연인들의 사랑이 밭에서 갓 뜯어낸 푸성귀처럼 신선도를 지니려면 서로 적당한 거리를 둘 줄 아는 지혜가 필요하다. 한 줄에 묶어놓은 두 마리 강아지를 본 적이 있다. 서로 물고 뜯으며 온종일 싸움이 그치지 않더라. 연인들도 그렇다. 죽으면 죽었지 헤어지고 못 산다는 어제의 연인들이 함께 못 살겠다고 오늘 갈라지는 것은, 사랑에도 균형의 기술이 필요하다는 것을 체득하지 못했기 때문이 아닐까.

얼마 전 무뎌진 낫을 갈다가 어린 시절을 떠올렸다. 그 시절에도 나는 농사일로 분주한 아버지를 도우려 쇠꼴을 베러 가곤 했는데, 쇠꼴을 베러 가려면 먼저 낫을 갈아야 했다. 날이 많이 무뎌진 낫은 먼저 거친숫돌로 갈고 나서 다시 고운 숫돌로 갈아서 날을 곱게 세웠다. 그렇게 낫을 갈고 있으면 옆에서 지켜보던 아버지는 언제나 잔소리를 하셨다. 너무 날카롭게 갈면 금세 무디어지니, 적당히 갈아야 한다고.

지금 생각해보면 아버지의 그런 잔소리는 오랜 경험에서 나온 소중한 지혜였다. 어디 숫돌에다 낫 가는 일뿐일까. 노자도 《도덕경》에서 말했다. 금화가 집안에 그득하면 그것들을 안전하게 지키기 어렵고, 부와 명예로 교만하면 스스로 몰락의 씨앗을 뿌리게 된다고.

이런 지혜를 터득한 중국의 여곤呂坤이란 이는 '아름다움'조차 멀리하며 살았다고 한다.

"아름다운 음식은 사람으로 하여금 과식하게 만들고, 아름다운 여인은 사내들로 하여금 미색에 빠지게 만들며, 아름다운 물건은 사람으로 하여금 탐욕에 사로잡히게 하고, 아름다운 일이나 아름다운 경치는 그것에 연연하게 만들어 끝내는 재앙을 가져오기 때문이다."

그래서 여곤은 자기 집에 '원미헌遠美軒'이라는 편액을 걸었다고 한다. '아름다움을 멀리하는 집'이란 뜻. 그렇다면 여곤은 아름다움을 아끼지 않았던 것일까. 아니다. 아름다움에 대한 지나친 경사가 존재의 균형을 잃고 불행을 불러올까 염려했기 때문이었으리라. 그렇게 아름다움마저 경계하며 자기 삶을 조율할 줄 아는 여곤의 균형의 예술이 정말 아름답지 않은가.

수행자보다 거룩한 야크의 공생

라다크, 히말라야 서쪽 끝자락에 위치한 지구의 오지. 하지만 이제는 너무 많은 사람이 드나들어 그렇게 부르는 것조차 민망하기 짝이 없다. 이미 라다크에 대해 많이 들은 터라 나는 '오래된 미래'라는 환상은 접은 터였다. 라다크 일대에서 가장 큰 도시인 레에 짐을 푼 나는 고산증이 조금 수그러든 후, 도시를 벗어나 티베트 사원들과 시골 풍경 속으로 스며들었다.

레보다 더 높은 산 속에 있는 헤미스 곰빠(사원)를 찾아가는 길이었던가. 눈앞에 펼쳐지는 장쾌하지만 험준한 산세, 3500미터가 다 넘는 까마득 높은 봉우리에도 만년설은 찾아

볼 수 없었고, 초록 한 그루 품지 못한 뼈만 앙상한 잿빛 바위 산들만 우뚝우뚝 솟아 있었다. 그 산들 아래로 흐르는 인더스 강줄기를 따라 가다가 가파른 계곡에서 폭포처럼 쏟아지는 물줄기. 물은 온통 잿빛 흙탕물이었다. 그래도 그 물이 라다크를 살리는 생명의 젖줄이라고 생각하니, 가슴이 뭉클해졌다.

까마득한 바위 벼랑에 세워진 헤미스 곰빠를 경이에 찬 눈으로 둘러보고 그 후에도 몇 개의 곰빠를 더 보았지만, 나는 이 척박하고 혹심한 자연환경과 조화를 이루어온 라다크 사람들의 삶으로 자꾸 시선이 쏠렸다. 설산이 흘려보낸 물을 받아 물길을 만든 곳마다 보리나 밀이 누렇게 익어가고 있었지만, 보리나 밀의 크기가 겨우 한 뼘이나 될까.

물질의 풍요 속에 뒤룩뒤룩 비곗덩어리만 키워온 철없는 인간의 눈으로도 미처 자라지 못하고 낱알을 맺어야 하는 저 황량한 대지의 생명들을 바라보면서 울컥, 울컥 눈시울이 젖어들곤 했다. 돌투성이인 박토를 뚫고 나와 간신히 싹을 틔워 자란 저 초록의 생명들 앞에서 문명이니 지성이니 종교니 하는 허명의 옷을 걸친 채 거들먹거리는 건, 그 얼마나 가증스럽고 염치없는 일이란 말인가.

그랬다. 그 황무지에서 자라는 보리와 밀! 그것들을 보고 나서 나는 그냥 발길을 돌리고 싶었다. 헤미스 곰빠에 걸려 있던 구루 빠드마삼바바의 초상, 알치 곰빠의 빛바랜 아름다운 벽화, 곰빠 주위에 산재해 있던 수많은 초르텐(탑)들도 시큰둥한 눈길로 마지못해 둘러보긴 했으나, 어느 날 보리밭으로 들어가 이삭 하나를 손으로 쓱쓱 비벼 문득 입에 넣어본 낱알들이 라다크의 모든 것을 다 수렴해주고 있었다. 라다크의 높은 고원에서 양, 소, 말, 야크 같은 동물들에게 뜯어 먹히는, 간신히 잎을 틔워 자라는 초목들이 라다크의 메마르고 빈한한 삶을 다 말해주고 있었다.

한때 라다크를 '이상향'이라 불렀던, 그래서 누군가 '오래된 미래'라고 호명했던 '공생'과 '상부상조'의 미덕은 지금도 살아 있을까. 빈약한 초지에서 풀을 뜯어 먹으며 생존을 영위하는 짐승들 속에나 살아 있을까. 밀보리밭을 일구고 짐승 똥을 산더미처럼 쌓아 말려 연료로 삼는 시골의 늙은 농부들 속에나 살아 있을까.

10세기경 유명한 수행자였던 나로빠가 머물며 살았다는 라마유르 곰빠를 찾아가는 길에, 함께 갔던 소설가 박범신 선생이 들려준 얘기가 지금도 잊히지 않는다. 고원에서 풀을 뜯으며 살아가는 동물 중에, 양들은 풀의 뿌리까지 모조리 뜯어 먹어 대지를 더욱 헐벗게 하는데, 야크란 동물은 덩치가 양보다 훨씬 더 크지만 어린 풀들도 송두리째 뜯어 먹지 않기 때문에 본질적으로 다른 생명들에게 해를 입히는 일이 없다는 것이다. 야크는 열심히 고원의 땅을 핥지만, 풀잎과 땅에 묻은 아침 이슬과 이슬에 묻은 미생물이나 기타 영양소들을 핥아서 살아간다는 것.

나는 참으로 못생긴 동물 야크의 얘기를 들으며 절로 외경심이 일어났다. 야크는 척박한 고원지대에서 살아남기 위해 그런 공생의 유전자가 몸속에 새겨져 있겠지만, 오늘 지구의 철부지 인간은 어떤가. 공생의 관습을 망각한 채 온갖 지구 생명들과 불화의 관습으로 스스로 망해가고 있지 않은가. '그대가 있어 비로소 내가 있다'는 '오래된' 공생의 지혜와 자비심을 과연 우리는 되돌릴 수 있을까. 그걸 되돌릴 수 없다면 현생 인류에겐 '미래'도 없는 게 아닐까.

짧은 여행 기간 동안 나는 알 수 없는 목마름으로 시골 농가를 찾아가곤 했다. 오래된 왕궁과 곰빠가 있는 스톡 마을. 높은 산자락에 자리잡은 퇴락한 왕궁과 사원 경내를 둘러보고 내려와 도랑물 소리가 들리는 골목길로 스며들었다. 도랑 옆에는 키 작은 보리들이 추수를 기다리고 있었는데, 보리밭을 지나 어느 농가 대문 앞에 서서 집안이 궁금해 돌담 너머로 기웃거렸더니, 늙수그레한 아낙이 나와 환한 미소를 지으며 대문을 열고 안으로 들어오라고 손짓했다.

뜻밖의 환대가 고마워 따라 들어갔더니, 얼굴 모습도 다르고 언어도 통하지 않는 낯선 나그네들을 전혀 경계하지 않고 집 안으로 불러들여 정성껏 차를 끓여 대접해주었다. 고원의 따가운 볕에 그을어 얼굴은 검고 이마의 주름살은 짜글짜글했지만, 얼굴 가득 머금은 해맑은 미소는 그들이 방안에 모시는 부처님의 미소를 닮아 있었다. 매일매일 악다구니 하며 사는 자본주의 세상에서는 볼 수 없는 그런 미소였다. 낯선 타인들을 아무런 경계나 의혹도 없이 받아주는 그런 마음은 어디서 오는 것인지! 그 여인이 미소와 함께 건네주는 차 한 잔이 그렇게 달고 고마울 수 없었다.

어쩜 오래된 미래는 그 아낙의 순박한 미소 속에나 있지 않을까.

우리가
지녀야
할

두 개의
가방

몇 해 전 바리깡으로 머리를 박박 밀어버린 적이 있지. 중고등학교 시절 이후 처음으로. 별다른 뜻은 없었다. 기르는 게 귀찮아 그냥 밀었던 것. 머리를 밀고 나서 거울을 들여다보다가 나는 혼자 킬킬대고 웃었다. 허허, 웬 고딩…?

밤늦게 일터에서 돌아온 아내가 내 맨머리를 보더니 갑자기 눈물을 글썽였다. 당신, 이제는 속세와 인연을 끊을 모양이군요! 헉! 그런 건 아닌데! 아내 말을 듣고 나니 그래, 어쩌면 내 무의식 속에 속세와 인연을 끊고 싶은 마음이 있었던 걸까 하는 생각이 스쳐갔다. 그렇다면! 아직 이 세상에 속해 있지만 이 세상에 속하지 않은 것처럼 살아야지.

　살다 보면 옷깃도 스친 적이 없는 사람의 죽음을 조문하는 일이 더러 있다. 얼마 전 젊은 교우의 장인을 조문한 경우가 그렇다. 물론 그렇게 일면식도 없는 이를 조문할 때 눈물 한 방울 흘리지 않지만 국화꽃 속의 영정사진을 보면 왜 근친처럼 느껴지는지. 앞서거니 뒷서거니 순서는 다르지만 당신이나 나나 벌레 밥이 되어야 한다는 동질감 때문일까. 그날 썰렁한 장례식장에서 문상 끝내고 국밥 한 술 뜨는데, 상주가 와 간밤 고인이 주무시다가 심장마비로 홀연 세상을 떴다고 일러주었다. 그렇게 고통 없이 별세하면 신의 키스를 받은 거라고 목구멍까지 올라오는 말을 차마 뱉지는 못하고 장례식장을 나왔다.

　조문을 마치고 집으로 돌아오며 '두 개의 가방'을 가지라고 말했던 신학자 도로테 죌레의 말이 떠올랐다. 상황에 따라 둘 중 하나를 잡을 수 있도록 하라고. 그가 말한 두 개의 가방, 오른쪽 가방에는 '나 때문에 세상이 창조되었다'는 말이 들어 있고, 왼쪽 가방에는 '나는 흙이며 재다'란 말이 들어 있다고 한다.(《신비와 저항》 중에서)

　우리는 이 둘 사이의 모순을 껴안고 긴장의 끈을 늦추지 말아야 한다. 뛰어난 악사가 현악기의 줄을 너무 느슨하지도 않게 너무 팽팽하지도 않게 조율하듯. 인간사에서 일어나는 숱한 문제들은 우리가 이 모순을 껴안는 대신 한쪽을 취하고 다른 한쪽을 버리기 때문이다. 우리는 한 송이 우주의 꽃, 즉 대단한 존재라는 것을 알아야 하며 동시에 우리는 흙이나 티끌처럼 하찮은 존재라는 사실도 잊지 말아야 한다. 소위 영성spirituality이라는 것은 두 극단 사이의 봉우리를 오르거나 두 극단 사이의 골짜기를 흐르는 것이다.

며칠 후면 어머니 사망 5주기가 다가온다. 백수白壽를 누리고 별세하신 어머니는 오늘처럼 흰 눈이 펄펄 날리는 날, 화장을 했다. 원체 몸이 왜소한 분이긴 했지만, 화장을 한 뒤 유골을 수습해보니 한 줌도 되지 않았다. 유골을 아버지 묘 옆에 묻어드렸는데 표시도 나지 않았다. 하지만 어머니는 치매가 오시기 전까지 우주의 보석인 양 인간의 존엄을 잃지 않으셨다.

철학자 휴그는 "전 세계를 타향으로 볼 수 있는 사람은 완벽한 자"라고 말했다. 이 세상에 몸을 두고 살면서도 이 세상에 속하지 않은 것처럼 사는 자를 말하는 것이리. 랍비 부남의 말처럼 나 때문에 세상에 창조되었다는 사긍심과 나는 흙이며 재라는 겸허를 동시에 품은 자를 말하는 것이리.

차
별
의

세
상
을

평
정
한

함
박
눈

속
으
로

흰 눈 위에 또 흰 눈이 내린다. 아침에 눈가래로 한 번 밀었는데, 금세 또 쌓이누나. 그래도 좋다. 서설瑞雪이 아닌가. 앞집 어린 멍멍이도 눈길 위를 겅중겅중 뛰어다닌다. 덩달아 눈가래를 밀던 나도 신이 나 어릴 때처럼 붉은 혀를 쏙 내밀어 함박눈을 받아먹어 본다. 혀끝이 시리다.

나는 장엄한 설경이 제대로 보고 싶어 털장화를 꺼내 신고 마을과 들이 한눈에 다 보이는 뒷동산으로 올라갔다. 발목까지 푹푹 빠지는 눈 덮인 산길엔 아직 새 발자국 하나 없다. 그리 높지 않은 동산 꼭대기에 올라가니, 전혀 딴 세상이 펼쳐져 있다. 아, 설국! 하늘하늘 내린 눈발이 세상을 평정했구나. 가장 여린 것이 강한 것들을 이겼구나. 가진 자들, 힘센 자들의 차별 때문에 가슴 깊이 은결 든 세상의 약자들도 오늘은 눈이 평정한 설국을 보며 위안과 치유를 얻겠구나.

미끄러운 언덕길을 조심조심 되짚어 내려오며 문득 오래전에 읽은 소설의 한 장면이 떠오른다. 프랑스 소설가 미셸 투르니에의 《동방박사들》. 성경에 나오는 동방박사 이야기를 투르니에는 멋진 픽션으로 만들었다. 오늘 여기서 함께 나누고 싶은 건 세 동방박사 가운데 아프리카에 영토를 가진 메로에의 왕인 가스파르 이야기. 가스파르 왕은 측근인 점성술사의 권유로 꼬리 달린 특별한 혜성을 따라 유대 땅 베들레헴으로 가 구린내 나는 마구간에서 태어난 아기 예수를 경배한다. 가스파르는 바로 유향을 바친 동방박사. 그는 마구간 구유에 뉜 아기 예수를 '곱슬곱슬한 머리칼과 앙증맞고 납작한 코를 지닌 새까만 아기'로 표현한다. 자기 나라 아프리카의 아이들과 흡사했다는 것이다.

가스파르가 만난 예수는 자기 나라 아이들과 다르지 않은 흑인이라는 것. 요셉과 마리아는 분명 백인인데, 그들이 낳은 아기는 흑인이더라는 것. 그동안 우리가 역사 속에서 만나온 예수는 금발의 백인. 그러나 가스파르는 자기가 본 아기 예수의 피부 빛깔이 새까만 것은 곧 자기에게 '사랑의 교훈'을 주고자 하는 뜻이 담겨 있고, 따라서 자기는 그 뜻을 세상 사람들에게 전해주고 싶었다고 말한다.

구유의 아기 예수가 흑인이라는 것은 많은 귀감을 준다. 사랑하는 사람을 닮아야 하고, 사랑의 눈으로 바라봐야 하고, 존경해야 한다는 것. 비록 픽션이지만, 투르니에는 살아생전 예수가 보여준 종지를 잘 보여주고 있는 게 아닐까. 예수의 종지는 어떤 인간도 차별받지 않는 세상을 이루는 것. 하지만 오늘날 예수를 삶의 본보기로 삼는다는 이들 가운데는 피부 빛깔과 인종의 차이, 종교의 차이를 이유로 차별을 더 심화시키고 있다. 차별은 당연히 갈등과 분쟁을 낳을 수밖에 없다. 평화의 도시라 불리는 예루살렘을 이스라엘의 수도라 말함으로써 야기된 갈등과 분쟁을 보며 착잡한 마음을 금할 길 없다.

오래전 선각자가 일깨워주고, 그 정신의 깊이에 접속한 작가가 보여준 지혜에도 불구하고 왜 우리는 깨어나지 못하는 것일까. 무엇이 이 인류의 잠을 깨워줄 수 있을까. 하룻밤 새 내린 부드러운 눈이 강고한 세상을 평정하듯 하늘이나 할 수 있는 일일까. 나는 아직도 함박눈을 펄펄 날리는 광활한 하늘을 올려다보며 깊은 묵상에 잠긴다.

조금 불편하지만 제법 행복합니다

copyright ⓒ 2018 고진하

지은이 고진하

1판 1쇄 발행 2018년 5월 31일

발행인 신혜경
발행처 마음의숲

대표 권대웅
주간 이효선
책임편집 송희영
디자인 임정현
마케팅 노근수 허경아
인쇄·제본 (주)상지사P&B

출판등록 2006년 8월 1일(105 - 91 - 03955)
주소 서울시 마포구 동교로 144 - 13(서교동 463 - 32, 2층)
전화 (02) 322 - 3164~5 | **팩스** (02) 322 - 3166
페이스북 facebook.com/maumsup
ISBN 979-11-6285-003-9 (03810)

마음의숲에서 단행본 원고를 기다립니다.
따뜻하고 생동감 넘치는 여러분의 글을 maumsup@naver.com으로 보내주세요.

이 도서의 국립중앙도서관 출판예정도서목록(CIP)은 e-CIP홈페이지(http://www.nl.go.kr/ecip)와
국가자료공동목록시스템(http://www.nl.go.kr/kolisnet)에서 이용하실 수 있습니다.
(CIP제어번호: CIP2018015570)